KB039532

잘 먹고 있나요?

잘 먹고 있나요?

김혜정 장편소설

|주|자음과모음

차례

봄, 식당 문을 열다

1

"식당을 다시 열거야."

누나가 현관에 들어서며 말했다. 누나 옆에는 커다란 자주색 트
렁크가 있다. 1년 전, 누나가 집을 나갈 때 들고 나갔던 가방이다.

"그게 무슨 말이야?"

누나는 내 물음에 답을 하지 않은 채, 트렁크를 들어 방으로 옮
기려고 했다. 누나 혼자 바퀴를 바닥에 닿지 않고 트렁크를 드는
건 힘들어 보였다. 나 누나가 들고 있는 트렁크의 손잡이를 뺏어
트렁크를 누나가 쓰던 방으로 옮겼다.

누나도 나를 따라 방으로 들어왔다. 누나는 가만히 서서 방을 둘
러봤다. 바뀐 건 없었다. 하지만 누나는 자기 방이 낯선지 천천히
고개를 돌려 방을 둘러봤다.

"집으로 다시 돌아오는 거야?"

이번에도 누나는 대답을 하지 않았다.

"식당을 다시 열겠다니, 무슨 소리야? 누나가 엄마 식당을 한다고?"

내가 재차 묻자, 누나는 고개를 끄덕이는 것으로 대답을 대신했다.

"피곤하다. 그만 씻고 잘래."

누나가 트렁크를 바닥에 눕히더니 트렁크를 열었다. 트렁크에는 여기저기 부딪힌 흔적이 있었다. 누나는 1년 동안 고시원을 두 번 옮겼다고 했다.

누나는 트렁크에서 옷을 꺼낸 후, 고개를 들어 나를 쳐다봤다. 옷을 갈아입어야 하는데 왜 나가지 않느냐는 뜻이었다. 난 누나의 방문을 닫고 나왔다.

거실 벽에 걸린 시계를 보니 밤 11시 40분을 막 지났다. 도대체 누나는 이 시간에 왜 집으로 돌아온 것일까? 식당을 다시 연다는 건 무슨 소리지? 시험은 어쩌고? 누나에게 묻고 싶은 게 많다. 하지만 묻는다고 다 대답해줄 누나가 아니다. 난 방문 손잡이를 잡았다가 도로 놓았다.

아침에 일어났는데 누나는 집에 없었다. 방에 트렁크가 그대로 있는 걸 보면 잠깐 외출한 듯하다.

학교에 가기 전 냉장고에서 우유를 꺼냈다. 은아 이모가 아침을 챙겨 먹으라고 밑반찬을 이것저것 만들어 가져다주었지만, 아침을 차려 먹기 귀찮다. 우유 한 잔 마시는 것으로 아침을 대신해야겠다.

우유를 컵에 따르려는데 우유곽이 가볍다. 한 잔이 채 나오지 않을 것 같다. 우유를 사 오는 걸 깜박했다. 우유곽 입구에 입을 댄 채 얼마 남지 않은 우유를 전부 마셨다.

8시가 조금 안 되어 교실에 도착했다. 교실 뒤쪽에서 준모가 턴 연습을 하고 있다. 나는 녀석을 쓱 쳐다본 후 자리로 가서 앉았다. 준모는 쉬는 시간이나 점심시간 등 시간이 날 때마다 교실에서 춤 연습을 했다. 준모랑은 1학년에 이어 올해까지 2년 연속 같은 반이 되었다.

작년 가을, 준모는 갑자기 춤을 추겠다고 했다. 당연히 비보이나 뭐 그런 걸 생각했지만, 녀석이 하겠다고 한 건 현대무용이다. 현대무용이라면 하얀색 쫄쫄이 타이즈를 입고 발레를 하는 건가 했는데, 그건 또 아니었다. 준모는 매일 춤 연습을 하지만, 나는 아직도 녀석이 정확히 무엇을 하는지 알지 못한다. 준모는 어렸을 때부터 춤을 추고 싶었지만 아버지의 반대로 하지 못하다가, 드디어 작년에 춤을 추겠다는 결심을 했다. 물론 준모와 엄마만의 비밀이다. 준모의 아버지는 아직 알지 못하신다. 장교 출신의 군인 아버지가 알게 되는 날에는 모든 게 다 끝이다.

"이제야 좀 몸이 가볍네."

춤 연습을 끝낸 준모가 의자에 앉으며 말했다. 준모는 내 짝은 아니지만 내 옆에 앉는다. 원래 내 짝은 현석 형인데, 야구부인 현석 형은 어쩌다 한 번 수업에 들어온다. 준모는 언제든지 교실 뒤로 나가고 싶어 맨 뒷자리인 현석 형 자리에 앉는다. 준모의 키는 170센티미터가 약간 안 되어 칠판이 잘 보이지 않지만, 별로 신경을 쓰지 않았다.

준모는 책상에 엎드리는 것으로 수업 준비를 했다. 0교시는 자율학습이다. 다른 반은 보충수업을 하지만, 예체능반인 우리 반은 보충수업이 없다. 우리가 해야 할 일은 옆 반 수업에 방해되지 않게 조용히 해주는 것이다. 예체능반은 1학년은 없고 2, 3학년만 있다. 우리 학교에 예체능반이 생긴 건 3년 전인데, 예체능반이 만들어진 것은 예체능을 하는 아이들 때문이 아니다. 예체능을 하는 아이들이 다른 아이들에게 방해가 된다며, 예체능 아이들을 한 반으로 따로 몰아놓았다.

"너네 화실에 괜찮은 애들 좀 없냐? 우리 서로 소개팅 시켜주자. 봄바람도 살랑살랑 불고, 마음이 싱숭생숭하다."

"우리 학원은 죄다 초딩들뿐이야. 초딩이라도 소개시켜줘?"

"예쁘냐?"

"아니."

"그럼 됐어."

준모는 한숨 자야겠다며, 귀에 이어폰을 꽂은 후 체육복을 둘둘 말아 베개로 삼았다.

영어 문제집을 꺼냈다. 얼마 전 본 모의고사에서 외국어 점수가 많이 떨어졌다. 미대 입시를 준비한다고 공부를 소홀히 할 수는 없다. 오히려 예체능은 수능과 실기를 둘 다 준비해야 해서 더 골치가 아프다.

영어 문장을 계속 읽어서 그런지, 옆에 자고 있는 준모 때문인지 나도 졸렸다. 안 되겠다. 서랍에서 책을 네 권 정도 더 꺼내 쌓은 후 준모를 따라 엎드렸다.

"이 녀석들아, 좀 일어나! 어떻게 담임이 들어왔는데도 퍼질러 자냐? 0교시가 자율학습 시간이 아니라 수면 시간이냐?"

담임의 호령에 책상에 엎드려 있던 아이들이 하나둘씩 일어났다. 벌써 0교시가 끝났나 보다.

담임은 체육 담당으로 50대 초반의 남자다. 축구선수 출신으로 청소년 국가대표 상비군까지 했는데, 부상으로 축구선수를 그만두고 선생님이 되었다고 들었다. 담임의 별명은 축구선수 '마라도나'를 닮은 외모 때문에 '마라다나'다. 담임은 키가 작고, 목도 짧고, 남미 사람처럼 생겼다. 국가대표 상비군 시절 마라도나를 직접 만난 적도 있다고 했다. 담임은 운동선수 출신이라 그런지 좀 엄격하고 무서웠다. 버럭버럭 소리를 잘 지르는 편인데, 선배들 말로는 뒤끝이 없어 나름 괜찮다고 했다.

"적당히 좀 해라. 남들이 보면 너희가 밤새 공부하고 피곤해서 잠깐 자는 줄 알겠다. 전교에서 공부는 제일 안 하는 녀석들이 하여간."

담임의 말에 몇몇 여자아이들이 학원에서 늦게까지 있어 잠이 부족하다고 볼멘소리를 했다. 그러자 담임은 더 이상 우리를 혼내지 않았다. 하여튼 담임은 여자애들한테 약하다.

"참 니들, 제발 0교시에 매점 좀 가지 마. 다른 반 선생님들이 우리 반 애들 0교시에 돌아다닌다고 다들 뭐라 한다고. 자꾸 그러면 보충수업 할 거니까 알아서 해."

담임은 몇 가지 전달 사항을 더 이야기한 후 교실에서 나갔다.

조회가 끝난 후 화장실에 가는데, 복도에서 담임과 마주쳤다.

"이재규, 잘 있나?"

나를 본 담임이 매우 어색하게 물었다. 방금 전에 교실에서 봤으면서 잘 있냐고 묻다니. 나는 고개를 끄덕이며 "네"라고 대답했다. 담임은 내 어깨를 두드리며 "그래"라고 말하고는 복도를 성큼성큼 걸어 지나갔다.

지난주, 담임과 상담을 했다. 새 학기 초에 하는 의례적인 일인데, 내가 적어낸 인적 사항을 보고 담임의 표정이 매우 심각해졌다. 부모의 이름과 직업, 나이를 적어내는 칸에 나는 아무것도 적지 못했다. '두 분 다 돌아가심'이라고 내가 적을 때보다 그걸 본 담임이 더 힘들어하는 것 같았다. 담임은 내게 누구와 사느냐고 물었다. 나는 "혼자요"라고 대답했다. 그리고 "고아는 아니에요"라는 말을 덧붙였는데, 그 말을 하면서 약간 헷갈렸다. 열여덟 살도 고아에 속하는지, 아니면 열여덟 살은 고아라고 하기에 너무 나이가 많은지 말이다.

내가 그 말을 한 의도는 원래부터 고아가 아니라 아버지는 어렸을 때 돌아가셨고, 엄마와 같이 죽 살았는데, 엄마가 작년 겨울에 교통사고로 돌아가셨다는 것을 이야기하기 위해서다. 그리고 나에겐 같이 살지 않지만 누나도 있다. 나는 담임에게 내 상황을 설명했다. "저는 괜찮아요"라는 말을 몇 번 했던 것 같다. 나를 보는 담임의 표정이 괜찮지 않아 보였기 때문이다. 담임은 "나도 어렸을 때 아버지가 돌아가셨다"라는 말을 한 후, 한동안 말을 잇지 못했다. 담임은 겉모습과 다르게 약간 울컥하는 면이 있었다. 내가 여기 더 있다가는 담임을 곤란하게 만들 것 같았다. 교무실은 너무 밝았고, 다른 선생님들도 많았다. 담임이 가라는 말을 하지 않았지만, 나는 담임에게 인사를 한 후 교무실에서 나왔다.

교실로 돌아왔는데, 내 자리에 현석 형이 앉아 있다.

"형, 웬일이야?"

"이 자식, 웬일이긴? 난 뭐 이 학교 학생 아니냐."

현석 형은 2주에 한 번 꼴로 수업을 들어와, 오전 수업 4교시까지만 듣고 간다. 우리 학교는 야구 명문이고, 형은 그중에서도 가장 잘나가는 투수다. 형을 스카우트하려는 성인 실업팀이 한두 곳이 아니다. 하지만 형의 졸업이 1년 늦어졌다는 게 문제였다. 작년 겨울, 형이 무단으로 팀을 이탈하는 사건이 벌어졌다. 팬 중 한 명인 여학생과 집을 나가 살림을 차렸다는 이야기도 있고, 코치를 패고 나갔다는 이야기도 있다. 어떤 애들은 두 개가 동시에 있었다고 했다. 어찌 됐든 형은 1년 유급을 당했다.

현석 형은 1년 유급을 그리 아쉬워하지 않았다. 형은 2월생이라 일곱 살에 학교에 들어왔다. 형은 원래 자기 나이를 찾았다고 말했지만, 동갑인 우리에게는 꼭 형이라고 부르게 했다. 준모가 진담 반 농담 반으로 "동갑끼리 야자하지 뭐"라고 말했다가, 형이 욱하는 바람에 중간에서 내가 말리느라 꽤 힘들었다. 준모 같은 경우는 12월생이라 현석 형에게 형이라고 불러도 그리 억울해할 건 없다. 반면에 나는 3월생이라, 엄밀히 말하자면 현석 형과 한 달밖에 차이가 나지 않는다. 그래도 형은 형이다, 라고 현석 형이 그랬다. 뭐 현석 형이 원한다면 기꺼이 형이라고 불러줄 수 있다. 형이라고 부른다고 입이 아픈 것도 아니고, 돈이 드는 것도 아니니까.

곧 수업이 시작할 때가 되었지만, 내 자리에 앉은 현석 형도, 현석 형 자리에 앉은 준모도 비켜줄 생각을 하지 않았다. 나는 가만히 둘 앞에 서 있었다.

"전봇대도 아니고 거기 서서 뭐해? 얼른 가서 앉아."

준모가 2분단 앞자리인 자기 자리를 가리키며 말했다.

"아, 이 자식. 난 네 뻔뻔함이 정말 마음에 들어."

현석 형이 주먹으로 준모의 등을 툭툭 치며 말했다.

"아파, 형. 그냥 내가 갈래. 오늘 형 옆에 있으면 내 몸이 성할 리가 없지."

준모가 가방을 챙겨 일어섰다. 현석 형은 말을 할 때 주먹으로 상대를 툭툭 치는 버릇이 있다. 근데 형의 주먹이 보통이 아니라, 반복해서 같은 자리를 맞다 보면 멍이 들어 있는 걸 목욕하다가 확인하게 된다.

결국 난 현석 형 자리에, 현석 형은 내 자리에, 그리고 준모는 자기 자리로 돌아가 앉게 되었다.

"너, 귀에 그거 뭐야?"

현석 형이 내 왼쪽 귀를 들여다보며 물었다.

"아, 이거."

난 형에게 보청기라고 설명해주었다.

"보청기? 노인네도 아니고 웬 보청기냐?"

"이쪽 귀가 거의 안 들려. 보청기를 껴도 별 차이가 없긴 한데, 그래도 아예 안 끼는 것보다 나아서."

보청기는 왼쪽 귀에 조그맣게 들어 있다. 이어폰처럼 줄이 있지는 않지만 잘못 보면 이어폰처럼 보이기도 하고, 워낙 내 키가 커서 내 귀를 들여다볼 수 있는 사람이 많지 않아, 내가 보청기를 낀다는 걸 모르는 아이들이 많다.

네 살인가 다섯 살 때인가 중이염을 심하게 앓았고, 그 이후로 왼쪽 귀 청력을 거의 잃었다. 아주 어렸을 때라 기억이 나지 않는다. 내가 기억하는 나의 첫 모습은 이미 보청기를 낀 후다. 그래서 보청기가 불편하다는 생각을 한 번도 해본 적이 없다. 보청기는 그냥 나의 몸 일부이다.

"그러냐? 몰랐네. 난 그쪽에만 앉아서 못 봤지. 난 몰랐어."

형은 괜한 걸 물어봐서 미안하다는 얼굴을 하고 있다. 열 명이 나에게 보청기에 대해 묻고 내가 대답하면, 열 명 다 미안해했다. 내 귀가 안 들려 내가 보청기를 낀 걸, 왜 물어본 사람이 미안해하는지 모르겠다.

난 한쪽 귀가 잘 들리지 않는 걸 장애라고 생각하지 않는다. 어렸을 때부터 엄마는 누누이 내게 귀가 안 들리는 건 절대 장애가 아니라고 했다. 사람 귀가 두 개 있는 건, 한쪽 귀가 안 들리면 다른 쪽 귀로 듣기 위해서라며, 내 오른쪽 귀는 잘 들리니까 나는 전혀 문제가 될 게 없다고 말했다. 그러면서 엄마는 어린 내게 여러 가지 사실을 알려주었다. 사람의 콩팥도 두 개지만 실은 하나만 있어도 살 수 있고, 사람은 두 개의 콧구멍을 갖고 있어도 숨을 쉬는 건 주로 한쪽이라고 알려주었다. 양손을 코 밑에 대고 숨을 쉬어보면 한쪽만 숨이 나온다. 만약 내가 한쪽 귀가 안 들린다는 핑계로 어떤 일을 못하겠다고 하면, 엄마는 나를 호되게 혼냈다.

1교시 수업이 시작되었고, 수학 선생님이 들어왔다. 선생님은 칠판에 수학 공식을 적기 시작했다. 선생님의 글씨 크기가 꽤 작다. 중간 자리부터는 수학 선생님의 필기가 거의 보이지 않을 정도다. 몇 번 뒷자리에 앉은 여자애들이 손을 들어 이야기를 했지만, 선생님은 쉽게 고치지 못했다. 그런데 맨 뒷자리에 앉은 나는 칠판의 작은 글씨를 다 읽을 수 있다. 내 양쪽 시력은 1.5다. 한쪽 귀는 들리지 않지만, 눈은 누구보다 좋다.

"그럼 너, 나중에 군대 안 가나?"

공책에 필기를 하고 있는데 현석 형이 물었다.

"아마 현역은 힘들 거야."

"좋겠다. 난 올림픽 나가 메달이라도 따야 안 갈 수 있는데."

형은 운동선수에게 군대는 매우 민감한 문제라고 했다. 형은 군대와 운동선수에 대해 몇 마디 더 한 후 책상 위로 몸을 수그려 잘 준비를 했다. 아마 형은 4교시가 끝날 때까지 저 자세를 하고 있을 거다. 형이 자니 나까지 졸렸다. 그래도 1교시 시작부터 잘 수는 없다. 얼마나 버틸 수 있을지 모르겠지만, 난 최대한 허리를 꼿꼿이 세웠다.

학교가 끝난 후 집으로 돌아왔는데, 1층 식당에 불이 켜져 있는 게 보였다. 식당 문을 열어 들어가려고 했지만 문은 잠겨 있다. 엄마 사고가 난 후, 석 달째 식당은 닫혀 있었다.

문에 몸을 바짝 갖다 대어 안을 들여다봤다. 누나일까? 아니면 은아 이모? 아무것도 보이지 않았다. 난 식당 문을 두드렸다.

잠시 후, 누나가 안쪽 주방에서 식당 문 쪽으로 걸어오는 게 보였다. 누나가 식당 문을 열어주었다.

"학교 갔다 왔어."

누나가 묻지 않았지만 내가 말했다. 누나는 그래? 라거나, 알고 있어, 같은 말을 하지 않는다. 누나도, 엄마도 말이 거의 없는 편이다.

누나는 식당 주방으로 들어갔고, 나도 누나를 따라 주방으로 갔다.

"정말 누나가 이 식당을 할 거야?"

"응."

냄비 안에 물이 끓고 있고, 그 옆 도마 위에 생닭과 감자, 당근, 파, 마늘 등등 여러 가지 재료들이 펼쳐져 있다. 생닭을 보자 눈살이 찌푸려졌다. 오톨도톨한 닭의 껍질은 보기조차 싫다.

"누나 공부는 어쩌고? 수능 안 볼 거야?"

누나는 대입 삼수를 하고 있는 중이다. 누나는 고등학교 졸업과 함께 집을 나갔다. 집에서는 공부가 잘 되지 않는다며, 재수학원 근처의 고시원으로 갔다. 하지만 고시원에서의 재수생활은 실패했고, 누나는 삼수를 해야 했다.

"대학 안 갈 거야."

누나가 끓고 있는 냄비에 닭과 부재료, 그리고 양념장을 넣었다.

"누나가 요리를 할 줄이나 알아?"

"닭도리탕이 별거 있어? 그냥 만들면 되지."

누나는 숟가락으로 끓고 있는 닭도리탕의 국물을 떠 맛을 봤다. 표정을 보니, 맛이 영 아닌 것 같았다.

"누나가 식당을 어떻게 해? 누나가 식당에 대해 뭘 안다고?"

"그럼 식당 어쩔 건데? 계속 닫고 있어?"

"그건 아니지만, 세를 줄 수도 있잖아."

"내가 할 거야, 이 식당."

누나가 단호하게 말했다. 도대체 누나가 무슨 생각으로 식당을 하겠다는 건지 모르겠다. 식당을 운영하는 게 얼마나 힘이 드는데. 하지만 누나는 내 말에 전혀 개의치 않고, 닭도리탕에 고춧가루라든지 후추 같은 걸 넣으며 계속 맛을 봤다.

한참 누나를 지켜보고 있는데, 식당 문이 열렸다.

"아유, 청소 깨끗하게 해놨네?"

식당 홀에 은아 이모가 서 있었다.

"이모!"

나는 이모 쪽으로 걸어갔다. 은아 이모는 친 이모는 아니지만, 친 이모나 다름없다. 엄마의 고향 동생으로, 엄마가 식당을 열었을 때부터 은아 이모랑 함께 일했다.

"재연이 주방에 있니?"

"응, 이모. 근데 있잖아."

이모에게 누나의 말도 안 되는 생각을 말하려고 하는데, 이모는 내 이야기를 듣는 둥 마는 둥 하고 주방으로 들어갔다.

나도 이모를 따라 다시 주방으로 들어왔다.

이모와 누나는 식당 운영에 대해 이야기를 했다. 이미 누나와 은아 이모 사이에 이야기가 다 끝난 건가? 나만 모른 채? 누나는 이모에게 닭도리탕의 맛을 봐달라고 했고, 이모는 맛을 보더니 고개를 저었다.

"너무 달다, 얘."

누나는 냄비에 고추장을 한 숟가락 듬뿍 퍼 넣었다. 무슨 요리를 저렇게 하는 건지. 나는 말 한마디 못하고 누나와 은아 이모를 쳐다보기만 했다.

2

일주일째 누나는 1층 식당에서 닭도리탕을 만들고 있는 중이다. 처음에는 마구잡이로 요리를 하던 누나는 그러면 안 되겠는지, 엄마가 사용했던 재료를 중심으로 노트에 적으면서 레시피를 찾아가고 있다.

내가 초등학교 5학년 때, 엄마가 식당을 열었다. 그 전에 엄마는 다른 식당에서 주방 일을 맡아 했는데, 외할머니가 돌아가시면서 남긴 땅값이 많이 올랐다. 엄마는 땅을 팔았고, 빚을 더 내어 건물을 샀다. 1층은 식당이고, 2층은 미술학원, 3층은 정수기 대리점,

그리고 4층은 우리가 집으로 쓴다.

학교가 끝나고 곧바로 집으로 왔다. 간식으로 냉동 핫도그를 데워 먹은 후, 2층 미술학원으로 내려왔다. 원장님은 피카소 방에서 초등학교 아이들의 수업을 하는 중이다.

클림트 방으로 들어왔다. 미술학원에는 피카소 방, 고흐 방, 클림트 방이 있는데, 피카소 방은 가장 큰 교실로 주로 초등학생들의 수업이 이루어지고, 내가 있는 클림트 방은 네 평 남짓의 작은 곳으로 중학생 이상이 쓴다. 그리고 고흐 방은 원장실이다. 원장님은 교실에 화가 이름을 붙이는 걸 좋아하지 않았다. 하지만 인근 피아노 학원들이 유명한 음악가 이름을 교실 이름으로 쓴다며, 미술학원 교실도 유명 화가의 이름을 붙이자고 어떤 학부모가 강력하게 제안했고, 원장님은 그 제안을 받아들였다. 수강생의 대부분은 초등학생이고, 학부모들은 대부분 서로를 알았다. 한 명이 학원을 옮기면 줄줄이 옮기게 될 게 뻔해, 어쩔 수 없는 선택이었다.

벽에 걸린 클림트의 〈키스〉를 들여다봤다. 언제 보아도 저 황금색은 빛이 난다. 복사본도 이 정도로 빛이 나는데, 오스트리아 벨베데레 궁에 있는 진본은 어떨까? 내가 학원에 처음 들어왔을 때, 〈키스〉 자리에는 고갱의 〈타히티의 여인들〉 그림이 걸려 있었다. 원래 클림트 방은 고갱 방이었다. 원장님은 화가 고갱을 좋아했다. 피카소와 고흐, 고갱은 원장님이 가장 좋아하는 화가 세 명이다. 원장님은 교실 이름에 유명 화가 이름을 붙이는 걸 유치하다고 했지만, 교실 이름은 자기가 좋아하는 화가 이름으로 했다. 그런데 재작년에 클림트의 〈키스〉가 텔레비전 광고에 나오면서 선풍적인 인기를 끌었고, 학부모들은 고갱보다는 클림트가 더 좋다고 말했다. 원장님은 교실 이름만큼은 자기 뜻대로 할 거라고 했지만 결국은 클림트가 고갱을, 학부모가 원장님을 이겼다.

교실 한 귀퉁이에 자리를 잡고 앉았다. 화판 앞에 앉았지만, 난 연필을 든 채 가만히 있었다. 탁자 위에 놓인 모형 과일 그림을 그려야 하는데 별로 내키지 않는다. 매일 학원에 오지만, 요즘은 아무것도 그리지 않고 집에 갈 때가 많다. 원장님은 그리고 싶지 않을 땐 그리지 않아도 된다고 했다.

1학년이 끝나갈 때 즈음, 예체능반 희망자를 조사했다. 초등학생 때부터 그림을 그린 난 자연스레 예체능반을 지원했다. 하지만 내가 선택을 제대로 한 건지 모르겠다. 막상 2학년이 되어 예체능반에 와보니, 더 헷갈렸다. 다들 대학에 간다며 실기 준비를 열심히 하는데, 나는 그 아이들만큼 준비를 하지 않고 있다. 지금 다니고 있는 학원도 입시 미술학원이 아닌, 초등학생 때부터 다녔던 수강생 대부분이 초등학생인 미술학원이다. 취미로 미술을 시작한 건데, 이게 과연 내 직업이 될 수 있을까? 나에게 그만한 재능이 있을까?

초등학교 5학년 때 미술시간이었다. 선생님은 우리에게 어떤 그림을 한 장 보여주었다. 웬 인상 궂은 남자의 그림이었다. 남자는 귀에 붕대를 감고 있었다. 선생님은 이 남자가 아주 유명한 화가 '고흐'라며, 스스로 한쪽 귀를 잘랐다고 설명해주었다. 그 그림은 바로 고흐의 〈귀가 잘린 자화상〉이었다. 대부분의 아이들이 무섭고 끔찍하다 했지만, 난 그 아저씨가 마음에 들었다. 귀가 잘려 없으면 한쪽 귀가 잘 들리지 않을 테니, 왠지 나와 공통점이 있는 것 같았다.

고흐 아저씨가 어떤 그림을 그렸을까 궁금해, 그의 작품을 찾아보았다. 가장 마음에 드는 그림은 단연 〈해바라기〉 시리즈였다. 노란색보다 황금색에 가까운 해바라기는 내 눈앞에 실제로 살아 숨쉬는 것 같았다. 강한 햇볕 아래서 해바라기가 굴하지 않고 맞서고 있다. 햇볕보다 해바라기가 더 뜨거웠다. 어떻게 그림을 이렇게 그릴 수 있는지 너무 신기해 그림을 들여다보고, 또 들여다봤다.

나도 해바라기를 따라 그렸다. 공책에도, 교과서에도, 스케치북에도, 빈 공간만 있으면 온통 해바라기를 그려 넣었다. 엄마는 내가 해바라기를 그리는 걸 보고는 날 데리고 2층 미술학원으로 갔다.

엄마는 원장님에게 해바라기가 그려진 스케치북을 보여주었고, 원장님은 내게 특별한 재능이 있다며, 나를 잘 키워보겠다고 엄마에게 말했다. 몇 년이 지나고 원장님과 친해졌을 때, 원장님에게 물었다. 진짜로 나의 해바라기 그림에서 재능을 발견했냐고. 원장님은 그때 월세가 밀렸다며, 주인집 아들이 학원에 다니면 최소한 건물에서 학원이 쫓겨날 것 같지는 않았다고 솔직하게 털어놓았다. 그 말을 듣자 실망감보다는 왠지 모를 안도감이 들었다.

의자에 가만히 앉아 있는데, 원장님이 클림트 방으로 들어왔다. 초등학생 반 수업이 끝났나 보다. 올해 마흔 살이 된 원장님은 아직 결혼을 하지 않았다. 5년 넘게 옆에서 지켜본 결과, 변변찮게 사귀는 사람도 없었다. 부모님의 성화에 가끔 선을 봤는데, 너무 마른 몸 때문인지 상대 쪽에서 늘 퇴짜를 놓는다고 했다. 내가 보기에 문제는 원장님의 마른 몸이 아니라, 의지 같다. 원장님은 결혼하려는 의지가 전혀 없다. 원장님은 종종 결혼에 대해 자기 생각을 이야기했다. 자기 한 몸 먹고 살기도 힘든데, 어찌 처와 자식을 먹여 살릴 수 있느냐며, 결혼은 자기에게 어울리지 않는다고 했다.

"너도 이제 슬슬 입시 전문 미술학원으로 옮겨야 하지 않겠어? 전문적으로 지도를 받는 게 좋을 것 같은데. 내년이면 고3이잖아."

원장님은 학원을 옮기는 게 좋겠다는 말을 작년부터 했다.

"생각해볼게요."

"그래. 친한 선배가 하는 입시 전문 학원이 있으니까, 언제든지 말해. 나 신경 쓰지 말고."

원장님은 그 말을 남기고 방에서 나갔다. 원장님은 내가 원장님과의 의리를 위해 여기에 남아 있다고 생각한다. 그런 이유도 없잖아 있지만, 실은 입시학원으로 옮길 엄두가 나지 않는다. 입시학원에 가면 진짜로 미대에 가야 할 것 같기 때문이다.

아무래도 오늘도 그림 그리는 건 그른 것 같다. 화판 앞에 계속 앉아 있다고 그리기 싫은 그림이 그려질 것 같지 않다. 난 원장님에게 가보겠다는 인사를 하고 학원에서 나왔다.

집으로 돌아와 씻고 나왔는데, 인터폰이 울렸다. 1층 식당에서 온 거다.

"여보세요?"

"재규야, 저녁 먹으러 내려와."

은아 이모다. 이모는 요즘 매일같이 식당에 온다.

옷을 갈아입고 1층으로 내려갔다. 1층에는 닭도리탕의 매운 냄새가 진동했다.

식탁 위에 닭도리탕과 몇 가지 밑반찬이 차려져 있었다. 은아 이모와 누나가 나란히 앉았고, 난 은아 이모 맞은편에 앉았다.

"양념 좀 먹어봐. 맛이 아주 그럴듯해."

은아 이모가 닭도리탕에 들어 있는 감자를 젓가락으로 집어 내 밥그릇 위에 올려놓아 주었다. 나는 숟가락으로 감자와 함께 밥을 떠서 입에 넣었다.

"애는. 양념노 같이 먹이야 맛을 제대로 느끼지."

이모의 성화에 숟가락으로 국물을 조금 떴다.

"어때? 맛있지?"

은아 이모가 물었고, 난 그렇다고 고개를 끄덕였다.

"재연이가 식당을 다시 연다고 했을 때 설마 했는데, 요리하는 걸 보니까 괜찮을 거 같아."

이모 옆에 있는 누나는 말 한마디 하지 않고 조용히 밥만 먹었다. 나는 슬그머니 누나를 쳐다봤다. 누나 말대로 식당을 계속 문 닫은 채 둘 수는 없다. 내심 은아 이모가 맡아주길 바랐지만, 이모는 요리를 할 줄 모른다. 식당은 엄마와 은아 이모 둘이 했지만, 주방 일은 엄마가 맡았고, 은아 이모는 홀을 맡았다.

"이거 남겠다. 어쩌지?"

이모가 국자로 닭도리탕을 뒤적이며 말했다. 닭 한 마리를 누나와 은아 이모 둘이 다 먹지 못할 거다. 나는 닭을 먹지 않는다. 돼지고기나 소고기 같은 경우, 그 동물이 살았을 때 형체가 떠오르지 않는다. 하지만 닭은 그 형체가 그대로 떠올라 차마 먹을 수가 없다. 나는 아주 어렸을 때부터 닭을 먹지 않았다. 그나마 내가 먹을 수 있는 닭요리는 닭의 형체가 상상되지 않는 닭죽 정도다.

"2층 원장님은 식사를 하셨나 모르겠네."

은아 이모가 지나가는 듯 말했지만, 난 이모의 마음을 알아차렸다.

"아직 안 하셨을 거야. 전화해볼까?"

"그래, 한번 해봐. 이거 남겨서 버리면 아깝잖아."

원장님에게 전화를 걸었다. 원장님은 아직 저녁 식사 전이라고 했다.

"이모, 원장님 내려오신대."

전화를 끊고 이모에게 말하니, 이모의 얼굴에 화색이 돌았다. 은아 이모는 원장님을 좋아한다. 은아 이모는 끝까지 아니라고 하지만, 이모의 행동을 보면 다 알 수 있다. 예전에 얼핏 엄마와 은아 이모가 대화하는 걸 들은 적이 있다. 엄마가 은아 이모에게 잘해보라고 말하니, 이모는 자기 주제에 원장님을 넘보는 건 말도 안 된다고 했다. 내가 보기엔 원장님보다 은아 이모가 백배 더 낫다. 은아 이모가 원장님보다 조금 나이가 많고 이혼을 한 번 한 것만 빼면, 이모만큼 예쁘고 애교 많은 여자는 흔치 않다. 이모는 나이가 마흔네 살임에도 불구하고, 서른다섯 살 정도밖에 안 되어 보인다.

"어휴, 냄새가 아주 좋네요."

원장님이 식당 문을 열고 들어왔다. 은아 이모가 얼른 주방 안으로 들어가 공깃밥과 숟가락, 젓가락을 가지고 나왔다.

원장님은 잘 먹겠다는 말을 하고 밥을 먹기 시작했다. 도대체 은아 이모는 저 비쩍 마른 원장님이 어디가 좋다고 그러는 건지 모르겠다. 군대 면제를 의심받을 정도로 마른 몸에 덥수룩한 수염, 늘 지저분한 옷, 그리고 눈치까지 없다. 같은 남자인 내가 봐도 원장님은 별로 매력이 없다.

"이거 아주머니가 만드셨던 거랑 아주 비슷한데요? 아주머니가 만드신 거라고 해도 믿겠어요. 저는 아주머니 음식 참 좋아했는데, 여긴 2인분 이상만 팔아서 오고 싶어도 오지 못할 때가 많았거든요."

원장님이 닭가슴살을 젓가락으로 찢으며 말했다. 그 말을 들은 이모는 들고 있던 숟가락을 식탁 위에 슬그머니 내려놓았다. 아주머니, 라는 말에 갑자기 가슴에서 뜨거운 게 올라왔다. 나는 컵을 들어 물을 마신 후 꿀꺽 삼켰다. 엄마는 식당에서 아주머니 혹은 사장님이라고 불렸다. 식당 문을 닫은 후, 어디서도 엄마를 부르는 걸 듣지 못했다. 은아 이모마저도 '언니', 즉 엄마의 이야기를 하지 않았다. 그동안 엄마는 우리에게 금기어가 되어 있었다.

"아이고, 이거 죄송합니다. 저는 그냥."

원장님이 은아 이모에게 사과를 했다. 은아 이모는 괜찮다고 말했지만 더 이상 밥을 먹지 못했다. 나는 원장님이 불편해할까 봐 밥을 먹는 척했다.

"드세요. 식겠어요."

은아 이모가 원장님에게 식사를 권유했고, 원장님은 불편하게 밥을 먹었다. 나도 원장님과 은아 이모의 눈치를 보느라 밥이 입으로 들어가는지, 코로 들어가는지 몰랐다. 오로지 누나만이 아무렇지 않게 숟가락으로 푹푹 밥을 떠 잘도 먹었다.

어찌어찌 저녁 식사가 끝났다. 원장님이 식당에서 나가자, 은아 이모는 "내가 왜 그랬을까. 원장님 식사도 제대로 못 하시게"라고 말하며 자책했다. 난 은아 이모에게 원장님이 맛있게 드시고 갔다며, 싹 비워진 밥그릇을 보여주었다.

"체했으면 어쩌지?"

"걱정 마, 이모. 뭘 그런 것 갖고 체해. 이모도 참 쓸데없는 걱정도 잘해."

누나가 이모에게 한 소리 했다. 누나의 말투가 건방지다고 생각했지만, 오히려 은아 이모는 내 말보다 누나의 말을 듣고 안심하는 것 같았다.

은아 이모가 설거지를 하겠다고 했지만, 내가 하겠다고 했다.

"이모 아침부터 식당 나왔잖아. 나랑 누나가 할게."

"그럼 그럴래?"

은아 이모는 내일 점심때 다시 오겠다는 말을 하고 식당을 나갔다.

주방에 누나와 나, 둘이 남았다. 내가 홀에서 그릇을 가져오는 사이, 누나가 설거지를 시작했다. 그릇들이 부딪치며 달그락달그락 소리가 났다.

"정말 누나가 이 식당 할 거야?"

누나 옆에 서서 물었다.

"이번 주 토요일에 문 열 거야."

진짜로 하려나 보다, 식당. 한참을 이 자리에 서 있었지만, 누나는 더 이상은 말하지 않았다. 누나는 원래 말이 없다. 엄마도 그랬다. 그래서 셋이 함께 밥을 먹을 때면, 어쩔 수 없이 나 혼자 종알종알 떠들어야 했다. 세 식구가 밥을 먹으면서 말 한마디 하지 않는 건 너무 이상하니까. 엄마와 누나는 둘 다 말이 없음에도 불구하고, 서로 싸우기 시작하면 아주 많은 말을 했다. 엄마와 누나의 실타래는 꺼내도 꺼내도 끝이 없었다. 이제 다 끝났겠지, 싶으면 또 다른 실타래가 꼬리를 물고 튀어나왔다. 1년 전 누나가 집을 나가면서, 둘의 실타래는 가위로 싹둑 잘라졌다. 누나가 집을 나간 뒤, 집은 아주 조용했다.

"거기 서서 뭐해? 먼저 올라가."

설거지를 하던 누나가 나를 힐끔 쳐다보며 말했다.

"누나 올라갈 때 같이 올라가지 뭐."

난 젖은 행주를 들고 식당 홀로 나와 식탁을 박박 닦았다. 우리가 식사를 했던 식탁을 닦은 후에도 누나의 설거지는 끝나지 않고, 나는 다른 깨끗한 식탁도 마저 닦았다.

3

식당이 다시 문을 열었다. 은아 이모는 식당 앞에 크게 '행복식당 영업합니다'라고 써 붙였다. 메뉴는 닭도리탕 그대로였지만, 이름이 바뀌었다. 누나는 '도리'는 일본어로 닭이라는 뜻이라며, 닭도리탕은 닭닭탕이 되어 표기에 맞지 않는다고 했다. 닭도리탕을 닭볶음탕으로 바꾸고, 소와 대로 표기하던 것을 2인용, 4인용으로 바꾸고, 1인 메뉴도 추가했다. 누나는 요즘 혼자 밥을 먹는 사람이 많은데, 2인부터 메뉴가 있는 것은 문제가 있다고 했다. 그래서 1인용으로 사용할 작은 뚝배기를 20개나 샀다.

누나는 주방에서 점심 재료를 준비했고, 나와 은아 이모는 식당 홀에서 손님을 기다렸다. 토요일이라 학교를 가지 않아 나도 식당 일을 돕기로 했다. 엄마가 식당을 운영할 때는 주방 일을 도와주는 아주머니가 한 분 더 계셨다. 하지만 당분간은 누나 혼자 주방을 맡기로 했다. 사람을 한 명 더 고용하면, 그만큼 월급이 나가기 때문이다.

식당 문이 열리는 종소리가 울렸다. 첫 손님인가 싶었는데, 서진 누나다. 난 주방 쪽에 대고 누나에게 서진 누나가 왔다고 말했다. 누나는 나와 보지 않았다. 서진 누나는 신경 쓰지 않아도 된다며, 빈자리에 앉았다.

"내가 첫 손님이야?"

"네. 아직 12시 전이잖아요. 근데 누나, 주문하려고요?"

"당연하지. 나 여기 밥 먹으러 왔어. 재연이가 하는 음식 좀 먹어보려고."

서진 누나는 누나의 고등학교 동창으로, 누나와 함께 재수학원을 다녔다. 작년에 몇 번 누나가 서진 누나를 데리고 식당에 왔다. 둘은 같이 재수를 했지만, 결과는 확연히 달랐다. 서진 누나는 서울대에 갔지만, 우리 누나는 재수마저 실패했다. 엄마는 누나에게 많은 것을 바라지 않았다. 어디라도 좋으니 제발 4년제 대학에만 가라고 했지만, 누나는 재수 때도 아무 대학에도 합격하지 못했다.

"1인 메뉴가 있네? 난 이거로 주문할게."

주문서를 가지고 주방으로 갔다.

"누나, 서진 누나 왔다니까."

"알아."

친구가 왔는데 좀 나와 보지. 난 그 말을 밖으로 내뱉는 대신 입을 비죽거렸다.

싱크대 위에 주문서를 내려놓으며, 닭볶음탕 1인분을 준비해달라고 말했다. 누나는 큰 솥에 미리 끓여놓은 닭볶음탕을 1인용 뚝배기에 옮겨 담은 후, 뚝배기를 가스불 위에 올려놓고 끓이기 시작했다. 손님이 주문할 때 요리를 만들기 시작하면 늦는다. 특히 닭볶음탕처럼 끓이는 데 30분 이상이 걸리는 음식은 미리 만들어놓아야 한다. 어느 손님이 주문하고 30분을 기다리겠는가. 그래서 3분의 2 정도 익혀 놓은 닭볶음탕을 손님상에 내놓기 전에 다시한 번 끓이는 식으로 준비한다. 엄마는 식당에서 손님이 기다릴 수 있는 최대 시간이 7분이라고 했다.

음식이 준비되는 동안, 서진 누나가 앉아 있는 테이블로 갔다. 테이블 위에는 서진 누나가 들고 온 화분이 놓여 있다. 개업 축하 선물인 듯했다. 그런데 축하 화분치고 좀 그렇다.

"이거, 선인장 아니에요?"

"응. 다른 화분은 물도 자주 줘야 하고, 햇빛도 받아야 하고 관리하는 게 귀찮잖아. 근데 선인장은 그럴 필요가 없으니까."

서진 누나가 선인장 가시를 손가락 끝으로 살짝 누르며 말했

다. 서진 누나를 따라 선인장 가시를 만져보았지만 별로 따갑지
않았다.

잠시 후, 주방 쪽에서 음식이 나왔다며 누나가 날 부르는 소리가
들렸다. 얼른 일어나 주방으로 갔다. 쟁반 위에는 닭볶음탕이 담긴
뚝배기와 공깃밥, 김치와 콩자반이 있었다.

쟁반을 그대로 들고 가, 서진 누나 앞에 그릇을 차례대로 내려놓
았다. 서진 누나는 수저통에서 숟가락과 젓가락을 꺼냈다.

"앞 접시 좀."

"아, 네."

주방에 가서 앞 접시를 가져왔다.

뚝배기 위에 하얀 김이 모락모락 났다. 서진 누나가 젓가락으로
닭다리를 집어 앞 접시 위에 놓았다. 누나는 닭다리를 젓가락으로
들어 한 입 베어 물었다.

"맛이…… 어때요?"

서진 누나가 음식을 다 삼키기도 전에 내가 질문을 했다. 누나는
음식이 뜨거운지 입으로 후후 바람을 내뱉었다. 마치 음식을 만든
사람이 나인 깃처럼, 누나의 대답이 기다려졌다.

"제법인데."

"정말요?"

"응."

누나는 아침을 먹지 않아 배가 고팠다며, 급하게 음식을 먹었다.

난 주방 쪽에 대고 소리쳤다.

"누나, 서진 누나가 맛있대."

물론 주방에서는 아무 말이 없었다.

12시가 되자, 식당에 손님들이 조금씩 오기 시작했다. 대부분이 근처에 살거나, 근처에서 가게를 하고 있는 사람들로, 엄마와 은아 이모의 지인들이었다. 은아 이모가 식당을 다시 연다고 이야기를 하고 다녀서인지 손님들이 제법 왔다. 건물 사람들도 왔다. 미술학원 원장님도 친구를 데려왔고, 3층 정수기 대리점 사장님도 직원 두 명과 같이 왔다.

"원장님, 1인 메뉴 생겼어요. 앞으로 자주 오셔서 드세요."

난 원장님에게 주문을 받으며 말했다.

식사를 끝낸 서진 누나는 자리를 계속 차지하고 있을 수 없다며, 직접 자기가 먹은 그릇을 들고 주방으로 들어가 누나를 도와 설거지를 했다.

점심시간이 지나 점심 손님들이 빠져나가니, 식당이 조금 한가해졌다. 식당은 손님이 몰리는 시간이 정해져 있다. 12시부터 2시까지, 6시부터 9시까지. 주방에서 할 일이 없는 누나도 식당 홀로 나와 식탁에 자리를 잡고 앉았다.

식탁에 앉아 쉬고 있는데 준모에게 전화가 왔다. 준모는 이 근처인데, 식당을 찾지 못했다며 약도를 다시 알려달라고 했다. 준모에게 식당 문을 다시 연다고 말했더니, 학원 수업이 끝나고 잠깐 들르겠다고 했다.

"누나, 내 친구가 온다는데. 괜찮지?"

"당연히 좋지."

누나 대신 은아 이모가 대답을 했다. 난 준모가 식당을 잘 찾아올 수 있도록 식당 앞에 서서 준모를 기다렸다.

저 멀리 준모가 통통거리며 걸어오는 게 보였다. 녀석은 걸을 때마다 걸음을 점프하듯 걷는다. 준모가 걷는 걸 보면 꼭 어린아이 같다. 어린아이들은 신이 나서 통통거리며 잘 걷는다. 나도 저렇게 걷고 싶은데 잘 안 된다. 준모는 내가 나이 들었기 때문이 아니라, 키가 너무 커서 그게 안 되는 거라고 했다.

"왔냐?"

"어. 여기가 너희 식당이야? 이재규, 너 다시 봐야겠다. 나이도 어린데 이런 건물을 갖고 있다니. 완전 부럽다, 자식."

준모가 식당이 있는 건물을 죽 훑어보며 말했다.

"무슨."

건물의 대출금과 매달 나가는 대출 이자가 얼마인지 알면 준모는 그런 소리 못 할 거다.

"근데 이름이 참 고전적이다. 행복식당이라."

준모의 말을 듣고 식당 간판을 쳐다봤다. 식당 이름은 엄마가 지은 게 아니다. 우리가 이곳으로 이사 오기 전, 1층에 식당이 있었다. 그 식당 이름이 '행복식당'이었고, 엄마는 그 이름을 그대로 사용했다. 원래 행복식당에서는 된장찌개나 김치찌개 같은 백반 종류를 팔았는데, 엄마가 식당을 인수하면서 메뉴를 엄마가 제일 잘 만드는 닭볶음탕으로 바꾸었다.

준모를 데리고 식당으로 들어갔다. 준모는 은아 이모와 누나, 그리고 서진 누나에게 살뜰하게 인사를 했다.

"준모 왔구나. 어서 와."

은아 이모가 준모를 반갑게 맞이했다. 이모는 장례식 때 만난 준모를 기억하고 있었다.

"점심은 먹었어?"

준모는 점심을 먹었지만, 배가 고프다고 말했다. 은아 이모는 누나에게 얼른 음식을 갖다 주라고 했다. 누나에게 미안해 내가 한다고 하자, 누나가 손으로 날 막았다. 누나가 주방으로 들어갔고, 서진 누나도 누나를 따라갔다.

"오랜만이다. 그동안 잘 지냈어?"

"네. 안 그래도 이모님 잘 계시나 궁금했어요."

"그렇구나. 올해도 재규랑 같은 반이라며? 우리 재규 잘 챙겨줘."

은아 이모가 준모에게 아주 상냥하게 말했다. 엄마라면 절대 이렇게 말하지 않았을 거다. 아마 준모를 한 번 쓱 쳐다본 후, "많이 먹고 가라"라는 말을 하는 게 전부였을 거다. 엄마는 무뚝뚝한 사람이었으니까. 엄마는 홀에 있는 걸 힘들어 했다. 서빙을 하게 되면, 손님들에게 미소 짓거나 친절하게 말해야 하기 때문이다. 하지만 주방에 있으면, 엄마는 누구의 간섭도 받지 않고 요리만 할 수 있어 좋다고 했다.

은아 이모가 둘이 이야기를 나누라며 카운터가 있는 쪽으로 갔다.

"우와, 너희 이모 진짜 미인이시다. 화장하니까 더 아름다우셔."

준모가 나에게만 들리도록 작은 소리로 말했다. 나는 그렇다고 고개를 끄덕였다. 거짓말을 조금 보태 식당 손님 중 다섯 명 중 한 명은 은아 이모를 보러 왔다.

"우리 이모 탤런트 시험까지 붙었던 사람이야."

은아 이모는 친구가 탤런트 시험 보는 데 따라갔다가 재미삼아 시험을 쳤는데, 이모만 붙었다고 한다. 하지만 은아 이모는 탤런트 활동을 조금 하다가 말았다. 이모는 아무래도 연예인은 타고난 끼가 있어야 하는데, 자신에게는 그게 없었다고 했다.

"근데 저 누나는 누구야?"

준모가 주방 쪽으로 목을 길게 빼며 물었다.

"아, 우리 누나 친구."

"그래? 저 누나도 예쁜데?"

준모가 실실 웃으며 말했다.

"하여튼 네 눈에는 여자밖에 안 보이지?"

"그럼 내 눈에 남자가 보여야 하겠냐? 당연히 여자가 눈에 들어와야지."

주방 쪽에서 음식이 다 됐다고 부르는 소리가 들렸다. 난 음식을 가져다가 준모 앞에 내려놓았다.

"근데 아무리 봐도 너희 누나랑 너랑 엄청 닮았어. 난 너희 누나 보고 네가 가발 쓰고 있는 줄 알았다니까."

준모가 밥을 먹으며 말했다.

"닮긴 뭐가 닮았나?"

"얼굴 허여멀겋고 눈썹 진한 거, 그리고 키 큰 거. 누가 봐도 둘은 남매다, 싶게 생겼어."

"난 잘 모르겠는데."

어렸을 때부터 누나와 닮았다는 이야기를 자주 들었다. 누나는 그 이야기를 들으면 매우 불쾌해했고, 나 역시 기분이 좋지는 않다.

식사를 끝낸 준모와 장난을 치고 있는데, 저녁 시간이 되면서 손님이 오기 시작했다. 준모가 도와준다고 했지만, 난 괜찮다고 했다. 나랑 은아 이모 둘이서도 충분하다. 그랬더니 준모는 기다렸다는 듯, 혼자 있는 서진 누나에게 가서 말을 걸었다.

밤 10시 가까이 되어서야 식당 일이 끝났다. 손님이 많아 정신이 없었다. 은아 이모는 오늘만큼만 손님이 많이 오면 소원이 없겠다고 했다. 오늘은 식당 문을 다시 연다고 해서 손님이 특별히 많이 왔다.

서진 누나가 집에 간다고 해서, 내가 버스 정류장까지 데려다 주겠다고 했다.

"괜찮아. 정류장까지 금방인데 뭐."

"아니에요. 늦었잖아요."

하루 종일 식당에 같이 있어준 서진 누나가 고마웠다. 우리 누나 성격상, 서진 누나한테 고맙다는 말을 제대로 안 할 거다.

늦은 밤이었지만, 주말이라 그런지 거리에는 사람들이 많았다.

"누나, 솔직히 음식 맛 어땠어요? 괜찮았어요?"

"응. 맛있었어."

"엄마가 만든 거랑 많이 차이 나요?"

서진 누나는 예전에 몇 번 우리 식당에 와서 음식을 먹은 적이 있다.

"다르지. 이건 재연이가 만든 거잖아."

누나의 음식은 엄마의 음식이 될 수 없다. 그건 너무나 당연한 거다.

"누나가 왜 식당을 한다고 하는지 모르겠어요. 그냥 다른 사람한테 넘기고 대학이나 가지. 도대체 누나가 무슨 생각을 하는 건지……."

누나는 식당을 도피처로 생각하는 걸까? 대학에 가기 싫으니까.

"재연이가 하겠다잖아. 그럼 하는 거지 뭐."

서진 누나는 대수롭지 않게 말했다. 하지만 식당 운영은 대학생들이 하는 일일호프 같은 게 아니다. 공부를 싫어하는 누나는 대학에 가지 않고, 엄마와 같이 식당 일을 하고 싶다는 말을 자주 했다. 그때마다 엄마는 말도 안 되는 소리 하지 말라며 누나를 혼냈다. 엄마는 식당 일을 힘들어했다. 쉬는 날도 없이 식당 문을 열어 어딜 제대로 놀러간 적도 없고, 음식을 만드느라 매일 손이 부르텄고, 건물 빚 때문에 계산기를 두드리며 늘 머리 아파했다.

"작년에 재수할 때 재연이가 우리 집에 놀러온 적이 있어. 그때 재연이가 떡볶이를 만들어줬는데 아주 맛있었어."

"떡볶이 정도야 누구나 잘 만들잖아요."

"그런가?"

누나는 종종 집에서 요리를 했다. 떡볶이도 만들고, 김치찌개도 끓이고, 불고기도 만들었다. 엄마보다는 누나가 집에서 요리를 더 많이 했을 거다. 엄마는 하루 종일 식당에서 음식을 만들기 때문에 집에 와서는 요리를 하지 않았다. 코미디언이 집에서는 웃기지 않는 것처럼, 요리사도 집에서는 요리를 하지 않는다는 이야기가 있다.

"다 왔다. 그만 가봐."

어느새 버스 정류장에 도착했다. 곧 버스가 도착했고, 서진 누나가 내게 인사를 한 후 버스 쪽으로 걸어갔다.

"우리 누나가 잘할 수 있을까요?"

내가 진짜로 서진 누나에게 묻고 싶었던 건 이거였다. 하지만 서진 누나는 내 질문을 듣지 못했는지, 대답을 하지 않은 채 버스를 타고 가버렸다.

4

수업이 끝났다며 준모가 나를 깨웠다. 국어 시간에 나도 모르게 잠이 들었다. 국어 선생님은 30대 초반의 여자 선생님인데, 목소리가 매우 작고 느릿느릿해서 수면제라 불린다. 국어 시간에는 반에서 반 정도가 졸거나 엎드려 잠을 잔다. 국어 선생님에게는 조금 미안하지만, 잠이 오는 걸 어쩔 수 없다. 국어 선생님이 책을 읽거나 설명을 할 때면 마치 "얼른 자라, 얼른 자"라고 말하는 것 같다.

"명재규, 정신 좀 차려라. 수업 끝난 지가 언젠데 아직도 잠 타령이냐?"

내가 잠에서 못 깨어나자, 준모가 내 귀를 죽 잡아당겼다.

"아파. 하지 마."

귀가 따가웠다. 나는 귀를 손으로 어루만지며 준모를 노려봤다.

"멍군, 솜 일어나라니껜!"

준모가 내 귀에 대고 큰 소리로 말했다. 준모는 자주 나를 명재규 혹은 멍군이라고 부른다. 내가 자주 멍한 채로 있기 때문이다. 준모뿐만 아니라, 작년 담임과 반 아이들도 나를 그렇게 불렀다. 그런데 올해 들어 나는 멍군에서 우수에 찬 소년, 우수 소년이 되었다. 엄마의 사고를 학교 아이들이 알게 되었고, 아이들은 내가 쓸쓸해서 혹은 고독해서 한곳을 응시한다고 여겼다. 준모는 내가 우수 보이로 불릴 때마다 말도 안 된다고 호들갑을 떨었다. 사실 준모 말대로 나는 작년이나 지금이나 그냥 멍한 채 있는 것뿐이다.

"야, 오늘은 식당에 그 누나 안 오냐?"

"누구? 서진 누나?"

준모가 "빙고!"라고 외치며 고개를 끄덕였다. 서진 누나는 자주 식당에 왔다. 대학 생활이 별로 바쁘지 않은지, 이틀에 한 번 꼴로 식당에 온다. 식당 일을 돕겠다고 오는 거였지만, 식당에 손님이 별로 없어 일을 할 때보다 가만히 앉아 있는 경우가 더 많다. 식당에 자주 오다 보니, 요즘엔 은아 이모와도 꽤 친해진 듯하다.

"그 누나 대학생이냐? 아니면 너네 누나처럼 재수생?"

"대학생이야."

"그래?"

"서울대 다녀."

"엥? 진짜? 그렇게 안 보이는데?"

서울대 학생이라는 말에 준모가 깜짝 놀랐다.

"서울대생은 뭐 서울대생처럼 생겼냐?"

"당연하지. 너 김우람 기억 안 나냐?"

김우람은 작년에 우리 반이었던 여자애다. 줄곧 전교 1등을 맡아 해 서울대 합격은 문제도 아니라던 그 애는, 이런 말 하기 참 미안하지만, 솔직하게 말하면 참 못생겼다. 100퍼센트는 아니지만, 공부를 잘하는 애들은 외모가 좀 별로다. 반면에 우리 예체능반은 공부와 먼 애들이 모여서인지, 전교에서 외모 수준은 가장 높았다. 성적과 외모는 반비례하는 것 같다.

"그 누나는 무슨 과야?"

"철학과."

"뭐야? 그것도 참 안 어울린다."

나는 동의한다는 뜻으로 고개를 끄덕였다. 서진 누나는 철학에 관심 있어 철학과에 간 게 아니다. 누나에게 왜 철학과에 갔냐고 물어봤다. 누나는 서울대를 가기 위해 어쩔 수 없었다고 했다. 누나의 집안은 부모님, 형제, 나아가 친척까지 거의 다 서울대를 나왔고, 비서울대는 한심하다는 취급을 받는다. 누나 역시 서울대를 가기 위해 가장 점수가 낮은 과를 선택했는데, 그곳이 바로 철학과였을 뿐이라고 했다. 누나는 수업도 재미없고, 학교도 재미없다고 했다. 그건 나도 마찬가지인데. 고등학교나 서울대나 다를 건없나 보다.

"저녁에 그 누나 있으면 나한테 알려줘, 학원 끝나고 너희 식당가서 저녁 먹게."

"너, 윤아는 어쩌고?"

내가 윤아에 대해 묻자, 준모가 조용히 하라며 팔로 내 목을 감으면서 나를 덮쳤다. 윤아는 피아노를 전공하는 우리 반 여자애다.

남자아이들끼리 모여 우리 반 여자애 중에 누가 가장 예쁘냐고 투표를 하면 윤아가 단연 1등이다. 준모는 윤아가 예쁘다는 이유만으로 윤아를 좋아했다.

"아, 몰라. 윤아도 좋고, 서진 누나도 좋아."

"둘 다 좋은 게 어딨냐?"

"둘 다 나랑 사귀어준대? 내가 왜 꼭 한 명을 택해야 해?"

듣고 보니 굳이 준모가 한 명만 좋아할 필요는 없었다.

준모가 옆을 보라고 눈짓을 했다. 왜 그런가 하고 고개를 돌렸더니 내 옆에 수지가 서 있었다.

"이거 잘 봤어."

수지가 르누아르 화집을 내게 건넸다. 지난번에 수지가 보고 싶다고 해서 빌려줬다.

"집에 다른 화집들도 많으니까, 보고 싶은 거 있으면 빌려줄게."

어렸을 때 엄마는 무조건 한 달에 한 권씩 책을 사라고 했고, 누나는 동화책이나 만화책을, 나는 미술책을 샀다. 동화나 만화는 누나한테 빌려 읽으면 되니까, 나까지 굳이 살 필요가 없었다. 누나는 화가의 화집이나 산문집이 동화책보다 비싸다며 공평하지 않다고 투덜댔지만, 엄마는 가격이 아닌 권수로 따졌다. 난 책 읽는 걸 별로 좋아하지 않지만, 화집이나 미술사 책은 재밌다. 고흐가 좋아 시작한 그림이지만, 학원에 다니면서 고갱도 좋아졌고, 르누아르나 피카소에게도 반했다. 화가들이 쓴 산문집도 그림을 보는 것만큼이나 재밌다.

"참, 너 K대학 미술대회 신청했어?"

"아니. 언젠데?"

"내가 너 그럴 줄 알았어. 신청기한 오늘까지야. 오늘 집에 가서 꼭 신청해."

미술대회 수상 경력은 입시에 별로 도움이 되지 않는다. 특별전형을 치르는 아이들은 수상 경력이 필요하지만, 특별전형으로 대학에 가는 아이들은 일부다. 하지만 대학에서 주최하는 미술대회는 다르다. 입학 때 가산점을 부여받을 수도 있고, 대학입시 때와 심사위원이 같아 입시 출제 경향을 알 수도 있다.

"입시학원을 안 다니니까 대회 정보도 못 얻잖아. 언제까지 일반 학원 다니려고? 이거 우리 학원 브로셔야. 입시학원 다닐 거면 여기가 좋아. 정원 꽉 찼는데, 원장님한테 네 얘기 하니까 한 자리 정도는 만들어주시겠대."

수지가 학원 브로슈어를 주었다. 입시미술로 꽤 유명한 학원으로, 늘 정원이 차, 들어가려면 대기해야 한다고 들었다.

"들어오고 싶으면 나한테 말해."

"응. 그럴게."

수지가 자기 자리로 돌아가고 난 후, 준모가 내 앞으로 바짝 다가왔다.

"더워. 뭐하는 거야?"

나는 준모의 이마를 손으로 확 밀친 후, 책상 위 르누아르 화집을 넘겼다. 두 자매가 휴식을 취하고 있는 〈테라스에서〉가 눈에 들어왔다. 엄마는 르누아르의 그림을 좋아했다. 이런 그림을 그린 사람은 분명 따뜻한 삶을 살았을 거라고 했다. 엄마에게 르누아르가 가난에 시달렸고, 류머티즘과 신경통으로 심하게 고생했다는 이야기를 했지만, 엄마는 "그래도 행복했을 거야"라고 말했다.

"쟤, 너 좋아한다."

준모가 다시 내게 얼굴을 들이대며 속삭였다.

"헛소리하지 마. 그냥 좀 친해서 그래."

수지와는 미술대회에 같이 참가하면서 조금 친해졌다. 작년에는 같은 반이 아니었지만, 대회에 몇 번 같이 나가다 보니 자연스레 알게 되었다.

"아냐. 이수지, 널 보고 웃는 게 수상해."

"너 또 작년 꼴 나고 싶어서 그래?"

"헤헤, 그런가?"

준모는 내가 여자애들과 말만 하면 그 여자애가 날 좋아한다고 갖다 붙였다. 작년에 김우람과 짝이었는데, 김우람이 내게 몇 번 수학문제 풀이를 알려주었다. 그걸 두고 준모가 김우람이 날 좋아한다고 말해서, 김우람이 나와 준모를 원수 보듯 했다.

"왜 여자애들은 나하고 친하게 지내려고 안 할까? 하여튼 이놈의 키가 문제야. 내가 너보다 못한 게 뭐가 있냐? 얼굴 잘생겨, 성격 좋아. 하지만 딱 하나 키가 문제라고."

준모는 여자들이 나를 좋아하는 이유가 오로지 키 때문이라고 우긴다.

"나도 우유 좀 많이 먹을걸."

"소용없어. 원래 우리 집안이 커."

나는 186센티미터로 키가 좀 큰 편이다. 엄마도 170센티미터가 넘었고, 누나도 175센티미터다.

"하긴 우리 엄마, 아빠가 다 작긴 하지. 뭐야, 그럼? 나중에 니 자식은 너 닮아 크고, 내 자식은 나 닮아 작을 수밖에 없다는 거야? 아, 불쌍한 내 자식."

준모는 태어나지도 않은 미래의 제 자식을 걱정했다. 준모에게 우선 네 걱정이나 하라고 말하니, 준모가 그건 그렇다며 고개를 끄덕였다.

수업이 끝나고 집으로 돌아왔는데, 학원에 가기 싫었다. 일주일째 학원을 나가지 않고 있다. 그림을 그리지 않고 멍하니 있을 바에야 안 가는 게 낫겠다는 생각이 들었다. 오늘도 그냥 쉬어야겠다.

소파에 앉아 텔레비전을 보는데 출출했다. 주방으로 들어갔다. 냄비에 물을 받아 가스레인지에 올려놓은 후, 싱크대 서랍을 열어 라면을 꺼냈다. 점심 급식이 부실했는지 배가 고팠다.

라면물이 끓기 시작해, 먼저 냉장고에서 꺼낸 달걀을 깨뜨려 냄비에 넣었다. 그다음으로 분말수프와 야채수프, 라면을 차례대로 넣었다. 달걀은 절대 풀지 않는다. 원래 난 라면에 달걀을 넣는 걸 별로 좋아하지 않는다. 달걀은 좋아하지만, 라면에 달걀을 풀면 라면의 본래 맛이 흐려지는 것 같다. 하지만 라면만 먹으면 부실하기 때문에, 엄마는 라면에 꼭 달걀을 넣어 먹으라고 했다. 엄마가 식당을 해서 언제든지 식당에 내려가면 밥을 먹을 수 있지만, 매 끼니를 식당에서 먹을 수는 없었다.

남들은 엄마가 식당을 운영하면 맛있는 음식을 많이 먹을 거라고 생각하지만, 오히려 집의 냉장고는 텅텅 비었다. 엄마가 식당 일을 신경 쓰느라 집의 반찬은 신경 못 쓰기 때문이다. 냉장고에는 주로 식당 밑반찬으로 나가는 것만 있다. 그것을 매일같이 먹다 보면 질려, 밥보다 라면을 먹을 때가 더 많았다. 라면은 종류가 아주 많아, 종류별로 하나씩 먹다 보면 질리지 않고 먹을 수가 있다.

냄비 속 달걀이 처음 물속으로 들어간 형태를 그대로 유지하고 있다. 풀지 않은 달걀은 마치 삶은 달걀처럼 그대로 익어, 나는 라면을 다 먹고 난 후 달걀을 따로 먹는다. 건강을 위해.

라면이 다 끓어 냄비째 들고 거실로 나왔다. 리모컨으로 텔레비전을 켠 다음 드라마 채널을 찾았다. 혼자 밥을 먹을 때, 텔레비전을 보면 마치 다른 사람과 함께 밥을 먹는 기분이 든다. 그래서 혼자 밥을 먹을 때는 꼭 텔레비전을 보는데, 되도록 드라마를 본다. 뉴스나 홈쇼핑 같은 것은 일방적인 전달이라 내가 저 속에 포함되었다는 기분이 들지 않는다. 하지만 드라마는 너무 자연스러워 마치 내가 드라마 속 일원인 것 같다.

라면을 먹고 있는데, 현관문이 열리는 소리가 들렸다. 누나다. 누나는 날 쓱 보더니 주방으로 들어갔다. 누나는 냉장고 문을 열어 무언가를 찾기 시작했다.

누나가 주방에서 커다란 고추장 통을 들고 나왔다. 외숙모가 만든 고추장이 다 떨어졌나 보다. 식당에서는 시중에서 파는 고추장과 청주 외숙모가 만든 고추장을 반반 섞어 쓴다.

"밥 먹지, 라면은 무슨."

누나가 한마디 툭 내뱉고 나갔다. 아무래도 식당에 내려가 밥을 먹을 걸 그랬나 보다. 하지만 이미 라면을 다 먹은 후였다.

저녁에 잠깐만 침대에 누워 있으려고 한 건데, 그대로 잠이 들었다. 일어났더니 밤 10시가 훌쩍 넘어 있다. 오늘 밤도 일찍 자기는 그른 것 같다. 요즘 학원에 가지 않다 보니까 집에 오면 낮잠을 자고, 그러다 보니 밤에 늦게 자는 생활을 반복하고 있다.

물을 마시기 위해 주방으로 갔는데, 누나가 라면을 먹고 있다. 아까 내가 라면을 먹을 때는 밥을 먹으라고 하더니만.

"저녁 안 먹었어?"

"먹었어. 그냥 라면이 먹고 싶어서."

냉장고에서 물통을 꺼내 컵에 물을 따랐다. 난 방으로 들어가지 않고 누나 맞은편 의자에 앉았다. 냄비 안에는 풀지 않은 달걀이 그대로 있다.

"식당 일은 할 만해?"

"뭐 그럭저럭."

식당을 다시 연 지 3주가 지났지만, 손님이 늘기는커녕 점점 줄고 있다. 어제 식당에서 은아 이모를 만났는데, 이모의 걱정이 이만저만이 아니었다. 엄마가 운영할 때는 하루에 닭을 30마리 이상 썼는데, 요즘엔 10마리도 채 쓰지 않는다고 했다. 월세를 내지 않아 다행이지만, 이렇게 운영하다가는 재료비나 건질 수 있을지 모르겠다며 은아 이모가 한숨을 내쉬었다. 다른 식당에 비해 우리 식당은 재료비가 많이 나갔다. 엄마는 무조건 국산 재료를 고집했다. 닭도, 감자도, 고추장도, 양파도, 파도, 마늘도, 모두 다. 브라질이나 미국 닭을 쓰면 닭 값을 반이나 줄일 수 있는데도 엄마는 절대 그건 안 된다고 했다. 누나도 그 점에는 동의하는지, 엄마가 거래하던 업체를 바꾸지 않았다.

라면을 다 먹은 누나가 라면 그릇을 들고 싱크대로 갔다. 싱크대에는 아까 내가 먹은 라면 냄비가 있다. 설거지를 한다는 걸 깜박했다.

"내가 할게."

싱크대 쪽으로 갔다. 누나는 식당에서 설거지를 질리도록 했을 거다.

"됐어. 몇 개 안 되는데 뭘."

나는 이러지도 저러지도 못하고 그냥 식탁 의자에 가서 도로 앉았다.

"참, 너 요즘 학원 안 나간다며? 아까 저녁에 원장님이 식사하러 오셨는데 그러더라."

"어, 뭐."

나는 대충 얼버무렸다.

"미술, 하고 싶지 않으면 그만둬도 돼."

누나가 수세미로 그릇을 박박 닦으며 말했다. 냄비에 눌어붙은 달걀이 잘 닦이지 않는 것 같았다.

"그런 거 아냐."

"그런 게 아니긴 뭐가 아냐? 하기 싫으면 그만둬도 돼."

모르겠다, 나도 잘. 학원을 어떻게 해야 할지 말이다. 엄마는 누나가 대학에 가길 바랐고, 나에게는 미대에 가서 유명한 화가가 되라고 했다. 엄마는 나중에 내가 유명한 화가가 되어 내 그림을 식당에 거는 게 소원이라고 했다. 내가 유명한 화가가 되면, 우리 식당은 유명 화가의 생가가 되는 게 아니냐며 말이다.

엄마가 그 말을 하면 누나는 아무나 유명 화가가 되느냐며, 말도 안 되는 소리 하지 말라고 했다. 나도 누나와 같은 생각이었지만, 엄마 앞에서는 그냥 고개를 끄덕였다. 에디슨은 천재는 99퍼센트의 노력과 1퍼센트의 영감으로 이루어진다고 말했다. 이를 두고 사람들은 노력이 중요하다는 뜻으로 받아들였다. 하지만 그건 철저한 오해다. 에디슨이 그 말을 한 건, 아무리 노력해도 1퍼센트의 영감이 없으면 소용없다는 걸 말하기 위해서다. 나에게는 그 1퍼센트의 영감이 없다. 그림을 그리면 그릴수록 그걸 더 잘 깨닫고 있다.

하지만 지금 누나는 대학에 가지 않겠다는 선언을 하고 식당 일을 하고 있다. 이런 상황에 나까지 미술을 하지 않겠다고 하면 엄마는 어떻게 되는 거지? 그러면 엄마가 너무 불쌍하다.

"왜 억지로 하고 있어? 어차피 엄마도 없는 이 마당에. 너 미술 그만두고 싶은데 엄마 때문에 못 그만둔 거잖아. 이제 네가 하고 싶은 대로 해."

누나는 더 이상 엄마의 기대에 끌려 다니지 말라고 했다.

"솔직히 나도 그렇고 너도 그렇고, 엄마 때문에 좀 짜증났잖아. 엄마는 현실을 너무 몰랐어. 공부하기 싫어하는 나한테 무조건 대학에 가라고 시키고, 미술대회에서 상 몇 번 받았다고 네가 곧 유명 화가라도 될 것처럼 굴었어. 그게 말이 되냐? 엄마는 우리한테 세상 물정 모른다고 했지만, 엄마가 더 바보 같았어."

"누나는 무슨 말을 그렇게 해?"

"내가 뭘? 내가 틀린 말 했어? 엄마는 너무 답답했어. 대학 가라는 엄마 말, 내 숨통을 얼마나 조였는지 모른다고. 나 한 번도 대학 가고 싶은 적 없었어. 하지만 엄마는 늘 대학, 대학, 대학! 대학 나와야 성공한다고. 그래야 자기처럼 안 산다고. 대학 나온다고 다 성공하는 것도 아닌데 입만 열면 대학 얘기. 나 작년에는 아예 수능조차 보지 않았어."

"뭐?"

뒤통수를 한 대 세게 얻어맞은 것 같다. 엄마는 누나가 두 번째 수능은 꼭 잘 보게 해달라고, 새벽마다 절에 백일기도까지 다녔다. 그런데 수능을 아예 보지도 않았다고?

"그럼 성적표는 어떻게 된 건데?"

"그런 거 위조하는 건 금방이야."

누나는 엄마를 완벽하게 속였다. 수능을 안 본 것도 모자라 성적표까지 위조하다니.

"누나, 진짜 무서운 사람이다. 어떻게 그럴 수가 있어?"

내가 다 누나에게 배신당한 기분이었다. 수능도 보지 않을 거면서 왜 공부를 하겠다고 집을 나가 고시원 생활을 한 건지, 학원비랑 용돈은 왜 또 꼬박꼬박 받아간 건지 이해할 수가 없다.

"도대체 왜 그랬어? 왜 엄마를 속였냐고?"

누나에게 바싹 나가가 왜 그랬느고 따졌다.

"누나는 꼭 엄마가 없어지길 바란 사람 같아. 하기 싫은 공부도 안 해도 되겠다, 식당도 떡 맡아서 하겠다. 아주 좋지?"

누나는 들고 있던 그릇을 싱크대에 내던졌다. 쩽하는 소리와 함께 싱크대에 들어 있던 그릇이 전부 깨졌다.

누나가 날 매섭게 째려봤다. 나도 누나의 시선을 피하지 않았다. 누나는 손바닥으로 내 가슴을 확 밀친 후 방으로 들어가 버렸다. 난 식탁에 앉아 주먹으로 식탁을 쾅쾅 내리쳤다.

작년 12월 22일, 잠을 자고 있는데 엄마에게서 전화가 왔다. 전화를 한 사람은 엄마가 아니라 모르는 사람이었다. 엄마가 병원에 실려 왔다고 했고, 난 은아 이모와 누나에게 전할 틈도 없이 병원으로 달려갔다. 병원에 도착했을 때, 엄마는 이미 세상을 떠난 후였다.

새벽에 엄마가 몸이 뻐근하다며 찜질방에 간다는 이야기를 잠결에 듣긴 했다. 그게 엄마의 마지막 목소리일 줄 몰랐다. 그럴 줄 알았으면 일어나서 엄마의 모습이라도 볼 걸. 아니, 엄마한테 오늘은 찜질방에 가지 말라고 할 걸. 만약 엄마가 찜질방에 가지 않았으면 얼마나 좋았을까. 만약 내가 같이 가서 엄마가 신호 바뀔 때 급하게 건너는 걸 막았다면 좋았을 텐데. 만약 엄마가 식당을 운영하지 않았다면 몸이 아프지 않아 찜질방도 안 갔을 텐데……. 만약의 수십 가지 상황이 나를 괴롭혔다. 그러면 나는 꾹꾹 생각을 저 밑으로 밀어내 버린다. 만약이 올라오면 나는 미쳐버릴 것만 같다.

아악, 하고 소리라도 지르고 싶지만 집이 너무 조용하다. 냉장고 돌아가는 소리만 들릴 뿐이다. 내 울부짖음이 집 안을 가득 채우는 게 싫다. 나는 소리를 지르는 대신 이를 더 세게 악물었다.

5

밥맛이 없다. 밥이 반 이상 남았지만, 급식판을 들고 자리에서 일어났다.

"먹고 와라."

준모가 밥을 먹다 말고 나를 쳐다봤다. 난 먼저 교실로 가겠다고 말했다.

급식판을 개수대에 갖다 놓은 후 급식소에서 나왔다. 5월 초인데 날씨가 덥다. 교칙을 위반하여 하복을 입은 아이들이 꽤 여럿 있다. 점점 봄, 가을이 없어진다고 하는데 그 말이 딱 맞다. 얼마 전까지만 해도 추웠는데, 봄도 건너뛰고 여름이 온 듯하다.

교실로 들어가는 대신 운동장 쪽으로 걸어 나왔다. 조회대 옆에 있는 계단에 비스듬히 걸터앉았다. 운동장 인조 잔디 위에서 축구나 농구를 하고 있는 아이들이 보였다.

"뭐 하냐, 여기서?"

준모가 어느새 점심을 다 먹었는지, 계단 옆에 서 있었다.

"자, 마셔라."

준모가 사이다 캔을 내게 던졌다. 캔은 아주 차가웠다. 캔 표면에 묻어 있는 물기가 손에 묻어났다. 캔을 딴 후 한 모금 마셨다.

"재미없다."

사이다를 마신 후 후우 하고 한숨을 내쉬며 말했다.

"그냥 다 재미없어. 학교 나오는 것도 재미없고, 그림 그리는 것도 재미없고. 텔레비전도 재미없고, 축구도 재미없고."

사이다의 탄산이 목부터 가슴까지 주욱 내려갔다. 탄산은 톡톡 튀지만, 지금 내 기분은 전혀 그렇지 않다. 모든 게 다 시시하다. 내 삶이 꼭 김빠진 사이다 같다.

"넌 왜 사냐?"

"뭐?"

준모가 뜬금없다는 표정으로 나를 쳐다봤다.

"내가 왜 살아야 하는지, 앞으로 어떻게 살아야 하는 건지 모르겠어."

"자식, 사춘기냐?"

"사춘기?"

"그래. 너는 좀 굼뜨니까 사춘기도 늦게 오나 보다. 원래 그런 건 중학생 때 다 끝냈어야 하는 거다, 인마."

준모가 다 마신 사이다 캔을 제기차기하듯 발로 차면서 말했다. 준모 말대로 사춘기인가? 딱히 내게 사춘기라고 할 만한 시기는 없었다. 은아 이모는 그런 나를 보고 키만 멀대같이 컸지, 아직 애 같다고 했다.

"요즘도 미술학원 안 나가냐?"

"응."

누나의 말을 듣고 오기로라도 학원에 가려고 했다. 하지만 학교에서 끝나 집에 돌아오면 2층으로 발걸음이 옮겨지지 않았다.

"준모야, 너 전생을 믿냐?"

"웬 전생?"

"나 전생에 아주 큰 죄를 졌나봐."

"뭔 소리야?"

"난 말이야, 이제까지 살아오면서 크게 잘못한 일이 없거든. 친구를 때리거나 따돌린 적도 없고, 남의 물건 훔친 적도 없고, 선생님 욕한 적도 없고. 나는 정말, 잘못한 게 별로 없어."

태어나서 내가 잘못한 일을 노트에 죽 써봤다. 초등학교 6학년 때 PC방에서 주인아저씨가 요금을 잘못 계산했는데, 알면서 700원을 덜 낸 적이 있고, 누나가 먹을 물에 침을 뱉은 적이 두 번 정도 있고, 길에 쓰레기를 몇 번 버리긴 했다. 하지만 그 정도의 잘못으로 지금 내가 이런 벌을 받는 건 너무하다고 생각한다.

"그만 들어가자. 덥다."

계단에서 일어나 교실을 향해 터덜터덜 걸었다.

"야, 이재규."

뒤에서 준모가 나를 불렀다.

"너, 괜찮은 거냐?"

고개를 돌려보니 준모가 걱정스러운 듯 나를 쳐다보고 있다. 싫다, 저 표정. 다른 사람들이 나 때문에 저런 표정을 짓는 건 내가 원하는 게 아니다.

"당연하지, 인마. 네 말대로 사춘기인 것 같아."

나는 씩 웃으며 대답했다. 그러자 준모가 내게 달려와 주먹으로 내 어깨를 치며 "자식, 놀랐잖아"라고 말했다.

학교가 끝난 후, 집으로 바로 올라가지 않고 2층 학원으로 갔다.

"이재규, 잘 지냈냐?"

고개를 꾸벅 숙여 원장님에게 인사를 했다. 학원에 빠지는 게 미안해 계속 원장님을 피해 다녔다. 혹여 등하교를 할 때 원장님을 만날까 봐, 재빠르게 4층 계단을 오르락내리락했다. 원장님은 성격상 나에게 뭐라고 하실 분이 아니지만, 그냥 나 스스로 눈치를 봤다. 그럴 바에야 원장님에게 당분간 학원을 쉬겠다고 말하는 게 더 나을 것 같았다.

"원장님, 저 조금만 학원 쉴게요. 죄송해요."

"하고 싶은 대로 해."

원장님은 별로 개의치 않았다. 이럴 줄 알았으면 진작 말을 할 걸.

"근데 너, 7월에 K대학 미술대회 나간다고 하지 않았어?"

"아, 네."

수지의 권유로 신청을 하긴 했다. 원장님은 알아서 준비를 하라는 말을 하고는 수업이 있다며 원장실을 나갔다.

집으로 올라와 냉장고 문을 열었다. 우유가 하나도 없다. 내일 아침에 마시려면 미리 사다 놓아야 한다.

우유를 사러 1층으로 내려갔는데, 식당 안에 서진 누나가 있었다. 서진 누나는 테이블에 앉아 공부를 하고 있는 중이다. 서진 누나가 고개를 들어 바깥을 바라보았고, 나와 눈이 마주쳤다. 서진 누나가 식당 문을 열고 나왔다.

"오랜만이다. 잘 지냈어?"

"네."

"요즘 왜 통 식당에 안 와? 바빠?"

"그냥 좀."

요 며칠 식당에 가지 않았다. 지난번에 누나와 다투고 난 후 누나와 함께 식당에 있는 게 불편했다.

슈퍼마켓에 가려는데, 서진 누나가 같이 저녁을 먹지 않겠냐고 물었다. 내가 식당에서요? 하고 물으니, 서진 누나는 다른 걸 먹으러 가자고 했다. 아직 오후 5시가 채 되지 않았지만, 점심을 먹는 둥 마는 둥 해서 배가 고픈 참이었다.

서진 누나는 잠시 기다리라고 하더니, 식당 안으로 들어가 가방을 가지고 나왔다.

"뭐 먹고 싶니? 내가 맛있는 거 사줄게."

"아무거나요. 닭만 빼고 다 잘 먹어요."

서진 누나는 스마트폰으로 이 근처 맛집을 검색했다. 저기에 우리 식당도 있을까? 있다면 어떤 평가를 받고 있을지 궁금했다.

"카레 먹을래? 아니면 돈가스?"

"둘 다 좋아요."

"음, 난 둘 다 먹고 싶은데."

"그럼 카레집에 가서 돈가스카레를 먹으면 되잖아요."

서진 누나는 좋은 생각이라며, 카레집의 위치를 자세히 검색했다. 우리 식당에서 100미터 정도 떨어진 곳으로, 버스 정류장 바로 앞이다.

아직 저녁 시간 전이지만, 식당에 손님이 제법 많았다. 여기 음식이 그렇게 맛있나? 아기자기하고 깔끔하게 꾸며져 젊은 사람들이 좋아할 것 같긴 하다.

서진 누나는 돈가스카레를 시켰고, 나는 비프카레를 시켰다.

"감자튀김도 먹을까?"

"그러든지요."

난 아무래도 좋다고 대답했다.

"너, 이럴 때 재연이랑 말투랑 표정이 되게 비슷해."

"제가요?"

"응. 재연이도 그 말 자주 하거든. 그러든지, 그 말 말이야."

서진 누나가 누나의 말투를 따라 하면서 나도 그 말을 잘 쓴다고 했다. 그런가? 그런 것도 같고 아닌 것도 같다.

"누나, 우리 식당에 자주 와요?"

"뭐 이틀에 한 번 정도?"

서진 누나에게 할 일이 없어서인지, 아니면 우리 누나와 그 정도로 친한 건지 물었다. 서진 누나는 둘 다라고 대답했다.

"식당에 별로 손님 없죠?"

"그렇지 뭐. 식당 다시 연 지도 얼마 안 됐고, 앞으로 더 많아지 겠지."

엄마가 운영할 때에 비해 손님이 반도 채 되지 않는다. 그럴 바엔 차라리 식당을 다른 사람에게 넘기는 게 더 좋을 것 같다.

"누나, 공부하는 거 재밌어요?"

서진 누나는 식당에 손님이 없을 때면 책을 펴놓고 공부를 했다.

"그냥 뭐. 습관이지."

"누나 좀 재수 없는 거 알죠?"

서진 누나가 내 말에 피식 웃었다.

"근데 우리 누나랑 어쩌다가 친해진 거예요? 누나랑 우리 누나, 별로 어울릴 것 같지 않은데. 재수학원 때 반도 달랐을 거 아니에요."

"그랬지. 반은 달랐지."

서진 누나는 고등학교 2학년 때 우리 누나와 같은 반이었다고 했다. 하지만 그때는 별로 친하지 않았고, 재수학원에서 만나 친해졌다고 했다.

"내가 재연이를 좀 많이 좋아해."

"우리 누나를요? 왜요?"

세상에 우리 누나를 좋아하는 사람이 있다니, 정말 신기한 노릇이다.

"누나, 설마 학교 다닐 때 심각한 왕따였어요? 그래서 우리 누나 밖에 친구가 없는 거 아니에요?"

난 웃으며 물었다. 그런데 서진 누나가 너무나 담담한 얼굴로 "응"이라고 대답했다. 이럴 때 정말 곤란하다. 나는 농담 삼아 물어본 건데, 상대가 진짜라고 답할 때.

"왜 빨리 음식이 안 나오는 거야. 배고픈데."

난 누나를 똑바로 쳐다보지 않고 피클만 연신 집어 먹었다.

"왕따라기보다 그냥 내가 좀 미움 받는 스타일이었어. 직접적으로 날 괴롭힌 애들은 없었지만, 애들이 날 싫어한다는 건 충분히 알 수 있었어. 내가 공부도 잘하고, 얼굴도 좀 예쁘잖니."

누나가 아무렇지 않게 말했다. 그래서 누나가 친구들한테 미움 받았나 봐요, 라는 농담은 꾹 참았다.

"나랑 같이 어울리는 애들이 제일 나를 싫어했어. 내가 선생님 심부름을 하느라 숙제를 못 들었는데 아무도 내게 숙제가 있다는 걸 알려주지 않았어. 학교에서 밥을 먹을 때 의도적으로 나에게 말을 걸지 않고 내가 이야기하면 바로 다른 이야기를 했어. 그래 놓고 조를 짜서 숙제할 일이 있거나 문제 풀 때는 꼭 나를 찾아와. 그때는 필요하니까."

"그건 좀 치사하다."

"내가 대학에 떨어졌다고 하니까, 같이 놀던 애들이 너무 좋아하더라. 내가 서울대 떨어졌다고 자기들이 갈 것도 아닌데 말이야."

"누나가 그걸 어떻게 알아요? 친구들이 좋아했는지?"

"걔네가 내 앞에서 직접 말해줬거든. 너 서울대 합격했으면 정말 짜증났을 거야, 라고 대놓고 말하더라."

"설마요."

"그래서 내가 걔네한테 말했어. 내년에 꼭 갈 테니까 기대하고 있으라고."

서진 누나는 그때 상황을 재연하기라도 하는 듯, 약간 조소를 띤 채 나를 똑바로 쳐다보며 말했다. 약간 오싹했다.

서로 미움을 주고받으면서 어떻게 같이 어울릴 수 있는지 도저히 내 상식으로는 이해가 가지 않는다. 하여튼 여자들은 알 수가 없다. 우리 반에도 내가 보기엔 엄청 친해 보이는데, 사실은 아닌 여자애들이 꽤 있다. 난 잘 몰랐는데 수지가 이야기해줬다.

"재연이랑 있으면 마음이 편해. 재연이는 날 미워하지 않거든. 아마 걔는 고등학생 때도 날 재수 없어 하지 않은 몇 안 되는 애들 중 한 명이었을 거야. 나한테 아예 관심이 없었을 테니까."

"그럼 우리 누나는 고등학생 때 뭐에 관심 있었어요?"

서진 누나의 이야기를 듣고 있으니까, 우리 누나에 대해 궁금해졌다.

"음악. 재연이는 가수가 되고 싶어 했어. 고등학생 때 록밴드도 하고, 오디션도 엄청 보러 다녔을걸?"

"누나가 노래를요?"

처음 듣는 이야기다. 누나가 노래 부르는 걸 들어본 적이 없고, 나나 엄마에게 가수가 되겠다는, 그래서 오디션을 보러 가겠다는 이야기를 한 적도 없다.

이야기를 하는 도중에 음식이 나왔다. 식당 매니저는 주방에서 사고가 나 주문이 늦어졌다며, 사과의 의미로 샐러드를 가져다주었다. 서진 누나랑 나는 밥을 먹기 시작했다.

누나가 집을 나간 건 불과 1년 전이다. 그렇다면 누나가 집에 같이 살 때 이미 오디션을 한창 보러 다녔다는 이야기다. 하지만 난 그 사실을 전혀 몰랐다.

식사를 끝내고 밖으로 나왔다. 주위가 어둑어둑하다. 서진 누나는 날씨가 좋다며 잠깐 걷자고 했다.

"혹시 우리 누나, 고등학교 때 놀았어요? 날라리였다거나 뭐 그런."

나는 누나가 얌전히 학교를 다녔을 거라 생각했다. 사실 누나에게 큰 관심이 없었기에 그랬을 거라 막연히 믿었을 뿐이다. 하지만 오늘 서진 누나의 이야기를 듣고, 누나의 성격을 떠올려보니, 누나가 좀 놀았을지도 모르겠다.

"밴드 활동을 열심히 하긴 했지만, 일진이나 뭐 그런 건 아니었어. 아, 한번은 그런 적이 있어. 일진이랑 맞장 뜰 뻔한 적."

"왜요?"

"일진이었던 애가 반 애들한테 물건 빌리고 일부러 안 주는 거야. 걔가 달라고 하면 아, 뺏기는구나, 하고 줘버려. 근데 재연이는 빌려간 물건을 달라고 끝까지 물고 늘어졌어."

"그 물건이 뭐였는데요?"

"뭐 대단한 건 아니고 무슨 손거울이었나 그랬어. 어쨌든 재연이가 끝까지 달라고 한 거야. 그래서 일진한테 거울 돌려받았어."

"그 일진이 우리 누나 그냥 놔뒀어요?"

"당연히 아니지. 일진들이 가만 안 두겠다고 벼르고 있었는데, 예전 폭력사건이 터지면서 중심에 있던 여자애가 퇴학을 당했어. 그래서 게임 끝났지 뭐. 그때 교실 얼마나 살벌했는지 몰라. 그래도 재연이는 눈 하나 깜짝 안 했어."

누나는 어렸을 때부터 강단 있는 거로 동네에서 알아줬다. 동네 애들 여럿이랑 혼자 싸워도 절대 쫄지 않았고, 아무리 무서운 선생님이나 엄마한테 혼나도 눈물 한 방울 보이지 않았다. 누가 누나에게 뭐라고 하면, 누나는 그 사람을 비웃으며 "너나 잘하세요"라고 말할 사람이다.

엄마가 갑자기 우리 곁을 떠났을 때, 난 그 일주일이 통째로 기억이 나지 않는다. 하지만 사람들 말에 따르면, 장례식장에서 기운 빠져 쓰러신 나와 달리 누나는 손님들을 맞이하고, 장례 일을 다 알아서 처리했다. 그후 누나는 곧바로 고시원으로 돌아갔다.

서진 누나는 내가 모르는 누나의 고등학생 때 이야기를 하나씩 이야기해주었다. 축제 때마다 전교생 앞에서 노래를 불렀고, 베이스를 치는 밴드 남학생과 2년 가까이 사귄 일 등등. 나는 누나에 대해 아는 것보다 모르는 게 더 많았다.

"그만 가자. 밤 되니까 날씨 추워진다."

서진 누나가 가방에서 카디건을 꺼내 입었다. 서진 누나는 식당에 다시 들어가지 않고 집으로 간다고 했고, 버스 정류장 앞에서 서진 누나와 헤어졌다.

집으로 돌아오면서 가수가 된 누나의 모습을 상상했다. 달콤한 발라드는 누나와 어울리지 않는다. 세상에 불만이 가득한 록커가 좋겠다. 짙은 스모키 화장을 하고, 옷에 체인을 주렁주렁 걸고 누나가 노래를 부른다. 역시 딱이다.

바람이 세게 불었고, 반팔을 입어서 한기가 더 했다. 난 상상하던 것을 멈추고 서둘러 식당 쪽을 향해 뛰었다.

여름, 한 걸음, 한 걸음

행복
식당

1

토요일 오후, 집에서 쉬고 있는데 준모에게 연락이 왔다. 준모는 막무가내로 식당으로 오겠다고 했다. 서진 누나가 식당에 있냐고 물어봐서 아마 그럴 거라고 하니, 녀석이 식당에서 만나자고 했다.

윤아에게 남자 친구가 생겼고, 준모는 깨끗이 윤아를 포기했다. '깨끗이'는 준모의 표현일 뿐이다. 혼자 짝사랑해놓고 깨끗이 포기하고 말 게 뭐가 있는 건지 모르겠다. 어쨌든 준모는 윤아와 잘 되는 건 이미 물 건너갔고, 서진 누나와 잘 해보고 싶다고 했다. 대충 세수와 양치질을 하고 식당으로 내려갔다. 준모가 식당 앞에서 나를 기다리고 있었다.

"무용학원 갔다 오는 길이야?"

"응."

준모는 토요일에도 무용학원에 나간다. 정규 수업은 없지만, 혼자 가서 몸을 푼다. 준모는 토요일에 무용학원에 가는 걸 '자율학습'이라고 표현했다. 학교에서 하라는 자율학습은 안 하면서, 자기가 하고 싶은 건 시키지 않아도 잘만 했다. 사실 학교에서 강제적으로 시키는 자율학습은 타율학습에 가깝긴 하다.

"넌 하루 종일 뭐 했냐?"

"그냥 집에 있었어."

집에서 빈둥거리다 보니까 토요일 하루가 다 지나갔다.

"그나저나 넌 집에는 뭐라 하고 여기 왔냐?"

"오늘 입시학원에서 주말특강 있다고 말해뒀어."

준모가 씨익 웃으며 대답했다. 다니지 않는 입시학원을 다닌다고 하고, 이제는 없는 주말특강까지 만들어내고 있다.

준모는 나를 앞세워 식당으로 들어갔다. 저녁 시간인데도 식당은 한산하다. 두 명의 중년 남성 손님이 전부다. 은아 이모의 표정을 보니, 오늘 하루도 손님이 별로 없었던 듯하다. 서진 누나까지 합친다면, 손님의 수와 식당 종업원의 수가 같다.

"준모 왔니? 오랜만이네."

은아 이모가 준모를 반갑게 맞이해주었다. 은아 이모는 언제나 상냥하다.

"네. 여기 닭볶음탕이 먹고 싶어서요."

녀석, 입에 침도 안 바르고 거짓말 참 잘한다. 준모는 은아 이모에게 대답을 하면서도 시선은 서진 누나에게 두었다.

식사를 끝낸 손님이 계산을 하려고 카운터로 갔고, 은아 이모가 그 손님의 계산을 받았다. 그러는 사이, 서진 누나가 주문을 받으러 우리 테이블로 왔다.

"누나, 잘 지내셨어요?"

준모 녀석이 능글맞은 미소를 지어 보이며 서진 누나에게 인사를 했다. 준모가 나에게 눈치를 주었다. 자리를 피하라는 거였다.

"누나, 여기 앉으세요. 주방에 가서 제가 말할게요."

내가 일어서자, 서진 누나가 내가 앉았던 자리에 앉았다. 난 주방으로 가서 '닭볶음탕 1인분'이라고 주문을 넣었다.

준모와 서진 누나가 앉아 있는 테이블로 갔다. 서진 누나는 뭐가 그렇게 재미있는지 깔깔대며 웃고 있다. 준모는 무용학원에서 있었던 재미있는 일부터 시작해서, 제 남동생의 우스운 이야기까지 늘어놓았다. 나는 하도 여러 번 들어 별로 웃기지 않지만, 처음 듣는 사람은 매우 재밌어 한다.

준모와 내가 식당에 들어온 이후, 손님이 더는 오지 않았다. 아직 저녁 8시밖에 되지 않았는데 이건 좀 너무하다. 은아 이모는 아무래도 오늘은 손님이 더 올 것 같지 않다며, 식당 문을 일찍 닫자고 했다.

"이모, 먼저 가. 내가 치우고 갈게."

주방 쪽에서 누나가 얼굴을 내밀며 말했다. 은아 이모는 잠시 망

설이더니, 그러면 월요일에 보자는 말을 하고 식당을 나갔다.

"내일은 이모 안 와? 왜 월요일에 만나?"

"아, 일요일은 식당 쉬기로 했어."

내 물음에 누나 대신 서진 누나가 대답을 했다. 주방으로 들어가서 누나에게 다시 물었다.

"왜 일요일에 식당을 안 열어?"

"어차피 일요일에 손님도 거의 없잖아."

"그래도."

"뭘 그래도야. 앞으로는 그렇게 할 거야."

누나가 딱 잘라 말했다. 우리 식당 손님들은 대부분 이 근처 사무실에서 일하는 사람들이라, 사무실이 쉬는 주말에는 평일에 비해 손님이 반으로 확 줄어든다. 그래도 엄마는 매일 식당을 열었다. 만약 손님이 찾아왔는데 문이 닫혀 있으면, 그 손님이 다시 오지 않는다는 게 엄마의 지론이었다. 하지만 누나는 일요일에 식당 문을 열지 않겠다고 했다. 뭐든 누나 마음대로다. 누나 마음대로 닭도리탕 이름도 바꾸고, 휴일까지 만들었다.

식당 문을 닫을 시간이 되었지만, 준모는 집에 가려고 하지 않았다.

"저기 누나, 덥죠? 아이스크림 드실래요? 제가 사 올게요."

준모는 서진 누나에게 물어본 후, 주방 쪽으로 가 우리 누나에게도 물었다. 누나는 의외로 "좋아"라고 대답했다.

준모와 함께 식당에서 나와 근처 편의점으로 갔다.

"뭐냐, 너?"

"음식값도 안 받고 미안하잖아. 그래서 내가 아이스크림이라도 사려고."

"야, 좀 솔직해져라. 우리 누나를 위해서가 아니라, 서진 누나를 위해서잖아. 안 그래?"

준모는 대답 대신 실실 웃기만 했다.

"야, 너네 누나는 무슨 아이스크림 좋아하냐?"

"우리 누나? 글쎄."

잘 모르겠다. 누나가 무슨 아이스크림을 좋아하는지. 바닐라 아이스크림이었나? 아니면 초코 아이스크림? 누나와 함께 아이스크림을 먹은 적이 언제였더라? 초등학생 때 이후로는 없었던 것 같다.

초등학생 때, 난 누나와 함께 집에 오기 위해 자주 누나를 기다렸다. 누나가 중학생이 되기 전인 초등학교 3학년 때까지 난 교실에서 맨 마지막으로 나가는 아이였다. 학교에서 집까지 그리 멀지 않았지만, 누나와 함께 집에 오는 게 좋았다. 난 교실에 혼자 남아 누나를 기다렸고, 누나는 수업이 끝나면 나를 데리러 왔다. 집에 가는 길에 누나는 색소가 잔뜩 든 쭈쭈바를 사주었다. 나는 딸기맛이 나는 분홍색 쭈쭈바를 좋아했고, 누나는 사과맛이 나는 초록색 쭈쭈바를 주로 사 먹었다.

이 멍청아, 좀 흘리지 말고 먹어.

아이스크림을 흘리면, 누나가 잔뜩 인상을 쓴 채 내 옷에 묻은 쭈쭈바를 휴지로 쓱쓱 닦아주었다. 어렸을 때, 누나는 자주 나를 멍청이라고 불렀다. 엄마나 은아 이모 앞에서는 날 그렇게 부르면 혼났기에, 아무도 없을 때만 그렇게 불렀다. 돌이켜보면 누나는 그때도 쌀쌀맞았다.

"몰라, 나도. 아무거나 사."

아이스크림을 사가지고 식당에 돌아왔다. 주방 정리를 마친 누나가 식당홀로 나와 서진 누나와 대화를 하고 있었다. 서진 누나와 둘이 있을 때는 우리 누나도 이야기를 하긴 하나? 누나는 말이 별로 없는 사람인데.

"자, 자. 아이스크림 드세요!"

준모가 아이스크림이 든 비닐봉지를 누나들 앞에 내려놓은 후, 하나씩 아이스크림을 꺼냈다. 서진 누나는 초코맛 아이스크림을 골랐고, 우리 누나는 오렌지맛이 나는 샤베트 아이스크림을 골랐다. 나와 준모는 남은 아이스크림을 골라 자리에 앉았다.

"누나, 저녁 정말 맛있게 잘 먹었어요. 그 맛있는 걸 이 녀석은 왜 못 먹는 건지, 참."

준모가 나를 가리키며 말했다.

"그러게. 재규 너는 왜 닭을 못 먹는 거야? 재연이는 닭이라면 없어서 못 먹잖아."

서진 누나가 안 그래도 전부터 궁금했다며 물었다.

"닭의 형체가 상상되어서 못 먹겠어요."

"겨우 그런 이유 때문이야? 그럼 너 닭발은 아예 쳐다보지도 못하겠네?"

닭발 요리를 생각하자, 나도 모르게 인상이 찌푸려졌다.

"닭발 엄청 맛있게 하는 집 있는데, 너랑은 같이 못 가겠다."

"누나, 저랑 같이 가요. 전 이 녀석이랑 달리 닭발 아주 잘 먹어요."

준모가 헤헤거리며 말했다. 당장이라도 서진 누나를 따라 닭발을 먹으러 갈 기세다.

"쟤가 닭을 못 먹는 이유는 따로 있어."

아이스크림을 다 먹은 누나가 입을 열었다. 누나가 무슨 소리를 하는 건가 싶어 우리 셋은 다 같이 누나를 쳐다봤다.

"우리가 어렸을 때 외할머니가 닭 잡는 걸 본 적이 있거든. 왜 시골에서 닭 잡는 거 있잖아. 닭을 산 채로 뜨거운 물에 넣어서 털 뽑는 거. 마당에서 같이 놀던 닭이 그렇게 죽는 걸 본 이후로 쟤가 닭을 못 먹게 된 거야."

그랬었나? 얼핏 기억이 날 것 같으면서도 잘 기억이 나지 않는다. 아마 여섯 살 때 이전의 일인가 보다. 내 기억들은 여섯 살 때부터 시작된다. 그 전의 일은 기억이 거의 나지 않는다.

"그래서 그렇구나. 이 녀석, 급식에도 닭요리 나오면 절대 안 먹어요. 그 덕분에 저는 좋지만요."

급식에 닭요리가 나오는 날은 밥을 먹은 것 같지가 않다. 급식판에 닭이 담겨지는 게 싫지만, 친구들이 무조건 받아와 자기들을 달라고 해 어쩔 수 없이 닭요리를 받아온다.

"누나, 식당을 블로그에 올려보는 건 어때요? 요즘 그렇게 많이 하잖아요."

준모가 식당을 죽 둘러보면서 말했다. 준모 눈에도 식당 운영이 잘 안 되는 게 보이나 보다.

"그래. 그게 좋겠다. 식당은 음식 맛도 중요하지만, 홍보도 중요하잖아. 식당이 있는 줄 알아야 사람들이 올 거 아니야."

서진 누나가 준모의 말을 거들었고, 준모는 바로 자기가 하고 싶은 말이 그거였다며, 둘이 통했네 어쨌네 하며 즐거워했다.

"그런가? 한번 생각해볼게."

누나가 일언지하에 거절하지 않고, 알겠다는 말을 했다. 내가 뭘 말하면 "안 돼", "몰라"라고 말하면서 다른 사람들한테는 별로 쌀쌀맞게 굴지 않았다. 누나에게 어떻게 서진 누나 같은 친구가 있나 궁금했는데, 그 궁금증이 조금 풀렸다. 다른 사람들과 있을 때 누나의 표정은 많이 딱딱하지 않다. 누나는 늘 심각하고, 신경질만 내는 줄 알았는데, 꼭 그렇지만은 않은 것 같다.

준모는 아이스크림을 다 먹은 후에도 한참을 더 있더니, 밤 10시가 되어서야 집에 가겠다고 했다. 그 시간이 학원 특강이 끝나는 시간과 비슷하기 때문이다.

준모와 서진 누나가 돌아간 후, 누나와 함께 4층 집으로 올라왔다.

목욕탕에서 씻고 나왔는데, 준모에게 문자가 왔다. 서진 누나의 전화번호를 받았다는 거였다.

— 잘 해봐라, 자식.

난 짧게 메시지를 남기고, 거실 소파에 앉아 텔레비전을 켰다. 늦잠을 자서 그런지 잠이 오지 않았다.

텔레비전을 보고 있는데, 누나가 주방에 물을 마시러 나왔다.

"누나, 준모한테는 엄청 친절하더라."

사실 '엄청'까지는 아니었지만 나를 대하는 것과 비교하면 상대적으로 '엄청'이 맞다.

"그러는 넌? 서진이한테 아주 곰살맞게 굴잖아."

누나가 바로 반격을 해왔다.

"내가 언제?"

"너나 잘해, 자식아."

누나가 나를 흘겨보며 말했다. 내 저러니 누나한테는 친절하게 못하는 거다. 날 당장이라도 한 대 칠 것같이 쳐다보는 사람에게 어찌 다정하게 굴 수 있겠는가.

"누나, 근데 그거 진짜야?"

"뭐가?"

"내가 닭을 못 먹게 된 이유 말이야."

아까 누나 이야기를 들으면서 반신반의했다. 아무리 기억해내려고 해도, 도저히 기억이 나지 않았기 때문이다.

"그때 너 울고불고 난리도 아니었어."

누나는 내가 외할머니에게 닭을 다시 살려내라고 했다는 것과 한동안 외할머니 댁에 가는 걸 싫어했다는 이야기를 해주었다.

"그걸 어떻게 기억해?"

"뭘?"

"내가 닭 못 먹게 된 거 말이야."

"기억나니까 기억하는 거지 뭐. 그때 나는 여덟 살이었어."

누나는 대수롭지 않다는 듯 낮은 목소리로 대답했다. 누나의 모든 말은 음계로 따지자면 '도'다. 다른 여자들이 '미'와 '솔'을 오가며 이야기를 하는 것과 달리, 누나의 목소리 톤은 늘 '도'를 유지한다.

누나는 잘 테니까 텔레비전 볼륨을 줄이라는 말을 남기고 방으로 들어갔다.

내가 기억하지 못하는 걸 누나는 기억하고 있다. 누나가 기억하지 못하는 걸 내가 기억하고 있을지도 모르고, 또 어쩌면 우리는 같은 것을 서로 다르게 기억하고 있을지도 모른다. 어렸을 때는 누나와 함께한 시간들이 정말 많았다. 언제부터였을까? 누나와 내가 멀어지기 시작한 것이? 누나가 중학생이 되면서부터? 아니면 내가 중학생이 되면서부터? 그것 역시 잘 기억이 나지 않는다. 이것도 누나와 나는 서로 다른 시기로 기억하고 있을까?

나도 그만 자야겠다. 소파에서 일어나 거실 전등을 껐는데, 누나 방문의 열린 틈으로 불빛이 새어나왔다.

"잘 자."

누나에게 인사를 했다. 누나는 듣지 못했는지, 아니면 대꾸하는 게 귀찮은지 조용하다. 그런 누나를 두고 그냥 내 방으로 들어왔다.

2

저녁을 먹기 위해 식당으로 내려왔다. 아까 낮에 은아 이모가 삼겹살을 구워준다며, 같이 저녁을 먹자는 메시지를 보내왔다.

은아 이모와 누나가 식탁에 음식을 이미 다 차려놓았다.

"다행히 오늘 저녁 손님들이 일찍 갔어."

은아 이모가 얼른 식탁에 앉으라고 손짓하며 말했다. 이제 9시가 조금 넘었다.

식당에서 일하는 사람들의 식사 시간은 일반 사람들의 식사 때와 다르다. 손님이 오는 시간을 피해야 하기 때문에, 점심은 오후 3시 가까이 될 때, 저녁은 9시가 넘어야 먹는다. 식당 사람들은 보통 식당 메뉴를 먹지 않는다. 식당에서 파는 메뉴는 판매용이고, 주로 다른 걸 먹는다. 간단하게 밑반찬을 해서 먹을 때가 많고, 가끔 다른 식당에서 시켜 먹기도 한다. 식당에서 파는 음식을 매일 먹다 보면 질린다.

프라이팬 위에서 삼겹살이 노릇노릇하게 구워졌다.

"재규야, 밥 잘 챙겨 먹어야 해. 너 살이 더 빠진 것 같아."

은아 이모가 내 밥그릇 위로 잘 구워진 삼겹살을 올려주며 말했다.

"아냐, 이모. 키가 더 커서 그래."

중학교 2학년 때까지 나는 반에서 5번을 넘지 않을 정도로 키가 작은 편이었는데, 중학교 3학년이 되면서 1년에 거의 10센티미터씩 자랐고, 지금은 186센티미터로 야구부를 빼면 우리 반에서 제일 크다.

"집에서 밥 잘 안 챙겨 먹지? 그럴 거면 좀 늦더라도 차라리 우리 저녁 먹을 때 내려와서 같이 먹어."

"응."

오랜만에 삼겹살을 먹으니 맛이 아주 좋았다. 은아 이모와 누나가 날씨가 더워서 많이 먹지 못하겠다고 했고, 그 바람에 나 혼자 거의 삼겹살 한 근을 먹었다.

식사가 끝난 후 뒷정리를 했다. 식탁과 바닥에 삼겹살 기름이 많이 튀어, 대걸레를 빨아와 바닥을 박박 닦았다. 문도 활짝 열어놓고, 삼겹살 냄새를 없애기 위해 은아 이모가 양초를 켜두었다. 초가 냄새를 잡아준다.

식당 마무리를 끝내고 은아 이모가 집에 갈 준비를 하고 있는데, 누나가 은아 이모에게 할 말이 있다고 했다. 무슨 이야기일까 싶어 나도 이모 옆에 있었다.

"삼계탕을 메뉴로 내놓을까 해. 아무래도 여름에는 삼계탕이 잘 팔릴 것 같아."

날씨가 더워지면서 식당의 손님이 더 줄었다. 더운 날씨에 가스레인지 위에 올려놓고 데워 먹는 닭볶음탕이 부담스럽긴 할 거다.

"삼계탕 좋지."

은아 이모는 삼계탕 만드는 데 따로 비법이 있는 건 아니라서 좋은 재료를 잘만 쓰면 맛이 있을 거라고 했다.

"메뉴를 다양화할 생각이야."

누나는 한 가지 메뉴만 팔아 식당에 손님이 없는 것 같다고 했다.

"하지만 메뉴가 여러 개면 너무 복잡하잖아."

"복잡하긴 뭐가 복잡해? 주방에서 충분히 할 수 있어. 매일 닭볶음탕만 만드는 것도 지겹다고."

누나는 자신 있다고 말했다. 하지만 나는 메뉴를 다양화하는 게 과연 좋은 건가 싶다.

"엄마가 다른 음식을 만들 줄 몰라서 안 판 거야? 한 가지 메뉴에 주력하는 게 식당을 운영하는 사람 입장에서도, 손님 입장에서도 좋다고 했잖아. 그래야 그 식당이 한 가지 메뉴 전문점이 될 수 있고, 손님은 그 맛을 찾아 식당에 오게 되니까."

내가 그 말을 하자, 은아 이모는 글쎄, 라고 말했다.

"언니 말이 맞긴 한데, 지금 우리 식당이 닭볶음탕 전문점이라고 하기에는 부족한 점이 많잖아. 재연이가 만든 게 맛있긴 하지만, 딱 이 맛이다 싶은 건 아니고."

은아 이모가 누나의 눈치를 살피며 말했다. 은아 이모의 말이 맞긴 하다. 누나가 아무리 엄마의 맛을 흉내 내려고 해도, 엄마의 맛이 나지 않았다. 그래서 식당을 다시 열었을 때, 예전 단골손님들 중에 맛이 변한 걸 느꼈는지 다시 오지 않는 사람들이 꽤 있었다.

"점심 특선 메뉴도 해볼까 해. 치킨볶음밥이나 닭갈비덮밥 같은 거. 여기 사무실이 많으니까, 점심 메뉴 만들면 꽤 괜찮을 것 같아."

삼계탕에 이어 점심 메뉴까지. 도대체 얼마나 식당을 자기 마음대로 바꾸려고 하는 건지 마음에 들지 않았다.

은아 이모가 돌아간 후, 누나와 함께 식당에서 나왔다. 난 누나 뒤를 따라 계단을 오르며 물었다.

"왜 누나 마음대로 바꿔?"

"은아 이모랑 상의했잖아."

"나는?"

"너는 뭐?"

"이 식당, 누나한테만 자격 있는 거 아니잖아."

누나는 고개를 돌려 나를 쳐다봤다. 누나는 말을 하는 대신 나를 뚫어지게 쳐다봤다. 누나의 얼굴이 '그래서 어쩌라고?' 하고 말하고 있다.

"나한테 허락받아. 맛없으면 절대 못 팔 줄 알라고."

"너는 닭고기 먹지도 못하잖아."

"맛 정도는 볼 수 있다고."

나보다 위에 서 있는 누나를 밀친 후 먼저 계단을 올라갔다.

일요일이라 평소보다 늦게 일어났다. 간단하게 아침을 챙겨 먹은 후 거실 소파에 앉아 텔레비전을 보고 있는데, 누나가 거실과 방을 왔다 갔다 하면서 분주하게 외출 준비를 했다.

"어디 가?"

누나를 스윽 쳐다봤다. 제대로 차려입은 걸 봐서는 동네 볼일은 아닌 것 같다.

"유명 맛집 좀 가보려고. 메뉴 참고할 게 있나 해서."

"맛집?"

소파에서 벌떡 일어섰다. 누나가 정말로 메뉴를 새로 만들려나 보다.

누나 방으로 따라 들어가 보니, 책상 위에 두툼한 프린트물이 있다. 프린트물에는 안동찜닭 전문점, 닭갈비 전문점, 치킨가스 전문점 등의 닭요리 맛집과 맛집에 대한 네티즌들의 평점, 그리고 위치가 나와 있다.

"나도 같이 가."

얼른 내 방으로 들어와 옷을 갈아입었다. 누나에게 다 맡겨둘 수는 없다.

내가 따라나섰지만, 누나는 마음대로 하라는 듯 나를 그냥 놔두었다. 누나는 여행 가는 것도 아니면서, 아주 큰 가방을 들었고, 나에게도 가방을 메고 가라고 시켰다. 내가 왜 그래야 하냐고 이유를 물었지만 누나는 알려주지 않았다.

우리가 처음 향한 곳은 인사동에 있는 삼계탕 전문점이다. 누나는 삼계탕을 주문했고, 나는 닭죽 메뉴가 있어 그걸 주문했다.

누나가 가방에서 사진기를 꺼냈다. 누나는 식당 인테리어 사진을 몇 장 찍었고, 음식이 나오자 삼계탕과 밑반찬으로 나온 깍두기와 부추무침의 사진도 찍었다.

누나는 삼계탕 국물을 숟가락으로 떠먹었다. 그다음 닭다리, 가슴살을 조금씩 뜯어 맛을 봤다.

"맛이 구수하다. 닭죽은 어때?"

"이것도 구수해."

누나가 내 뚝배기를 자기 쪽으로 끌어당기더니 닭죽을 먹었다. 닭죽은 구수하면서 쫀득쫀득한 맛이 났다. 엄마가 만들어주었던 닭죽만큼 맛이 좋다. 엄마는 누나나 내가 아프면 닭죽을 만들어주었다. 나는 다른 닭요리는 먹지 못하지만, 엄마가 만들어주는 닭죽만큼은 잘 먹었다.

"육수가 같으니까 맛도 비슷하다."

누나는 여기가 삼계탕 전문점으로 손꼽히는 곳이라고 알려주었다. 우리가 들어올 때는 점심시간 이전이라 손님이 많지 않았는데, 정오가 넘자 식당에 손님들이 가득 찼고, 바깥을 보니 번호표를 받고 줄을 서 있는 사람들이 아주 많았다. 식당 벽면에는 텔레비전에 출연한 것을 캡처한 사진과 신문기사가 잔뜩 붙어 있다.

"30일 미만의 영계만 사용하고, 한약재를 많이 쓴대. 황기랑 대추를 많이 넣어서 구수하고, 단맛이 나는 거래."

난 신문에 적혀 있는 걸 그대로 읽었다. 신문 인터뷰에는 삼계탕 레시피가 꽤 자세히 적혀 있다. 누나는 내 자리 쪽으로 오더니, 신문기사의 날짜와 발행처를 적었다.

"근데 이게 정말 다일까? 뭔가 비법이 있지 않을까? 텔레비전에 나오는 거 보면, 꼭 마지막 한 가지는 안 가르쳐주잖아."

아무래도 레시피가 의심쩍었다. 레시피를 공개해버리면, 누구나 그 레시피를 가지고 식당을 해서 대박을 낼 수 있을 것이다.

"너, 그 비법이 뭔 줄 알아?"

"뭔데?"

누나는 그것쯤이야 알고 있다는 표정을 지었다.

"조미료. 그래서 가르쳐주지 못하는 거야."

"에? 말도 안 돼."

"진짜야. 엄마가 그랬어."

엄마는 식당을 차리기 전에 꽤 여러 식당에서 일을 했는데, 대박 집이라고 할 만한 유명한 식당의 주방에도 있었다.

"엄마가 그러는데, 유명한 곳일수록 조미료를 많이 쓴대."

"그렇구나."

엄마는 조미료를 전혀 쓰지 않았다. 엄마에게 특별한 철학이 있었다기보다 엄마가 조미료 맛을 싫어했다. 그래서 우리 식당을 찾는 손님들 중 조미료가 들어가지 않아 맛있다고 하는 손님이 반, 어딘가 심심하다며 별로라고 하는 손님이 반이었다.

"손님이 많은 식당이 맛만 좋아서 되는 줄 알아? 맛은 사실 부차적인 문제야. 똑같은 메뉴를 팔더라도, 사람들은 더 유명하고, 손님이 많은 곳을 가고 싶어 해. 가게도 잘 꾸며놔야 하고, 홍보도 많이 해야 해."

누나는 엄마와 생각이 확연히 달랐다. 엄마는 식당은 뭐니 뭐니 해도 맛이 가장 중요하다고 했다.

"물론 맛이 없으면, 다른 게 다 갖춰져도 안 가지. 중요한 건 그 모든 걸 골고루 다 갖춰야 한다는 사실이야. 그래서 식당 운영이 어려운 거라고."

난 누나의 말에 코웃음을 쳤다. 남들이 들으면 식당 운영한 지 몇 년은 된 줄 알겠다. 누나 말을 듣는 둥 마는 둥 하고 닭죽을 먹었다.

하지만 누나 말이 틀린 건 아니다. 지금 내가 먹고 있는 닭죽이 더 맛있게 느껴지는 이유는 벽에 걸린 수많은 사진들과 줄 서 있는 사람들을 직접 보고 있기 때문이다.

"야, 다 먹지 마."

"왜? 남기면 아깝잖아."

"우리가 가야 할 음식점이 오늘 총 다섯 군데라고. 적당히 먹어둬."

누나의 말을 듣고 닭죽을 반 정도 남겼다. 아깝지만 할 수 없다.

계산을 하려고 카운터에 갔는데, 계산을 해주던 주인이 누나에게 혹시 블로거냐고 물었다. 누나가 계속 사진을 찍는 걸 보고 묻는 것 같았다.

"네. 맛집을 주로 블로그 하고 있어요."

누나가 태연하게 거짓말을 했다.

"여기 재료가 다 신선한 것 같아요."

"그럼요. 닭도, 재료도 다 경산시장에서만 떼어와. 마늘도 꼭 서산 육쪽마늘 제일 좋은 것만 쓰고요. 사실 우리 집 삼계탕이 맛있는 건 다 그 마늘에 있어. 내가 태안, 의성 다른 마늘 써봤는데, 거긴 알도 튼실하지 않고 맛도 쌉싸래해서 서산 마늘 못 따라가거든."

누나의 칭찬에 주인아주머니는 줄줄 삼계탕 이야기를 늘어놓았다.

식당에서 나오면서 누나는 방금 전 아주머니에게 들은 이야기를 바로 핸드폰에 메모했다.

"서산 마늘 말고 또 뭐 있었지?"

"황기 바짝 말린 것보다 좀 덜 마른 게 더 좋다고."

난 아주머니에게 들었던 것 중에서 기억나는 걸 누나에게 말했다. 핸드폰에 메모를 마친 누나는 꽤 만족스런 표정이었다.

"아까는 음식 맛이 중요한 게 아니라며?"

"멍청아. 우선 음식이 맛있어야 손님이 오지. 넌 그렇게 이해력이 딸려서 어떡할 거냐?"

누나가 내게 한심한 소리 하지 말라고 면박을 주었다. 아까는 음식 맛이 전부가 아니라 하더니, 지금은 또 맛집 비법 캐내려고 애를 쓰고 있다. 하여튼 누나는 제멋대로다.

"누나, 고시원에서 1년 동안 뭐 했어? 수능도 안 본 사람이 공부했을 리는 없잖아."

서진 누나 말로는 누나는 고등학교를 졸업하면서 가수의 꿈을 접었다고 했다. 고등학생 때 하도 오디션에서 많이 떨어져, 재수를 하면서는 더 이상 오디션을 보러 가지 않았다고 들었다. 그렇다면 누나는 고시원에서 혼자 뭐하고 지냈을까? 친구도 서진 누나밖에 없었을 텐데, 서진 누나는 누나와 반도 달랐고 재수생활을 할 때는 누나와 달리 거의 공부만 했다고 했다.

"연애라도 했어?"

누나를 따라 걸으며 물었다. 내가 계속 꼬치꼬치 캐물으니, 누나가 갑자기 멈춰 섰다.

"멍청아, 조용히 하고 걷기나 해."

"아, 멍청이라고 하지 좀 말라니까!"

누나에게 화를 냈지만, 누나는 눈 하나 깜짝하지 않았다.

"멍청하니까 멍청하다고 하지!"

"남동생이 멍청이라서 아주 좋으시겠어요."

누나 옆을 걸으며 깐족거렸다. 하지만 누나는 대꾸하지 않았다.

"멍청이네 누님, 멍청이네 누님!"

누나의 주먹이 내 뒤통수로 날아왔다. 뒤통수가 꽤 많이 아팠다.

"아이씨, 그렇게 세게 때리면 어떻게 해?"

"그러니까 까불지 마."

누나가 터벅터벅 앞에 걸어갔다. 다리가 길어 그런지 걸음도 아주 빨랐다. 누나가 내 여동생이었다면 얼마나 좋았을까? 그랬다면 절대 나를 무시하지 못했을 거다. 아니다. 누나는 내가 오빠였어도 나를 무시하고도 남았을 거다. 여동생한테 무시당하는 것보다는 누나한테 무시당하는 게 낫다. 차라리 누나가 그냥 누나인 게 낫겠다.

"같이 좀 가."

나는 앞서가는 누나의 뒤를 따라 뛰었다.

명동에 있는 닭살비 식당과 신촌에 있는 안동찜닭, 홍대의 모로코 닭 요리점, 구로의 닭요리가 유명한 중국집까지 들렀다가 저녁 9시가 되어서야 집으로 돌아왔다. 여러 군데 식당을 돌아다니다 보니, 음식을 3분의 1도 먹지 못했다. 더구나 닭죽을 제외하고 내가 먹을 수 있는 닭요리가 없었고, 누나 혼자 먹기에는 양이 너무 많았다. 나는 주로 양념맛을 보거나 곁들여 있는 야채만 먹으며, 누나에게 내가 느끼는 맛을 이야기해주었다.

누나는 목욕탕에서 씻고 나오자마자 주방으로 들어갔다. 그리고 냉장고 문을 열어 음식점에서 포장해온 닭요리를 꺼냈다. 누나가 식당 종업원에게 남은 음식을 포장해달라고 했는데, 가방을 들고 간 이유는 바로 그것 때문이었다.

누나는 포장 음식들을 들고 현관 쪽으로 걸어갔다.

"그거 버리게?"

"멍청아, 버리긴 이걸 왜 버리냐? 따라 만들어볼 거야."

"지금?"

"그럼 언제 하냐?"

누나는 아주 상냥하게도 말했다. 누나는 1층 식당에서 요리를 하겠다며 현관문을 열고 나갔다.

텔레비전을 켰지만, 일요일 밤에는 재밌는 프로그램이 없다. 게임을 할까 했지만 그것도 귀찮다. 누나가 요리를 과연 잘하고 있을까? 살짝 가서 보고 와야겠다.

식당 문을 열자, 별별 냄새가 다 났다. 매콤한 냄새도 났고, 향신료 냄새도 났고, 진한 간장 냄새도 났다.

"잘하고 있는 거 맞아?"

주방으로 들어가며 말했다. 프라이팬에는 빨갛게 양념된 닭이 있다. 닭갈비덮밥에 쓰려는 것 같다.

"야, 좀 먹어봐."

누나가 작은 접시에 양념된 양파와 고구마를 담아, 내게 내밀었다.

"윽, 너무 매워. 고춧가루랑 후추를 얼마나 넣은 거야?"

후추 때문에 컥컥 기침이 나왔다.

"닭갈비덮밥은 그냥 외숙모 고추장을 중심으로 만들어. 닭볶음탕이랑 양념 비슷하게 하는 게 더 나을 것 같아."

"그래?"

누나가 닭을 꺼내 손질한 뒤, 덮밥에 올릴 소스를 다시 만들었다.

새로 만드는 데까지 시간이 꽤 걸렸지만, 누나가 요리하는 걸 지켜보는 건 별로 지루하지 않았다. 그동안 누나가 시켜서 설거지도 했다.

새로운 닭갈비덮밥이 완성됐다. 익숙한 냄새다. 누나는 아까처럼 작은 접시에 야채를 덜어주었다. 처음 만들었던 것보다 덜 자극적이면서, 적당히 맵고 달아 제법 맛이 있었다. 점심에 이 메뉴를 내놓는다면 손님이 좀 올 것 같다. 점심에 닭볶음탕을 먹기에는 양으로나, 가격적으로나 부담스럽다.

"닭살도 좀 줘봐."

"먹게?"

"응. 맛은 봐야지."

누나가 접시에 닭을 조금 덜어주었다. 양념이 덜 배어서 그런지 약간 퍽퍽한 느낌이 들었다.

"양념에 하루 정도 재운 후에 볶아. 그게 좋을 것 같아."

"어쭈? 꽤 많이 아는데?"

누나의 말에 난 그 정도는 기본이라고 대답했다. 엄마가 주방에서 요리하는 걸 지켜본 게 몇 년인데. 집에 있으면 심심할 때가 많아, 1층 식당에 자주 내려와 있었다. 홀에 손님이 있으면 왠지 눈치가 보였고, 난 주방으로 들어와 엄마가 요리하는 걸 지켜봤다. 엄마는 야채도 잘 썰었고, 양념도 잘 만들었고, 설거지도 쓱쓱 잘했다. 내가 설거지를 도와준다고 하면, 엄마는 공부하느라 힘들 텐데 괜찮다고 했다. 사실 공부를 열심히 한 적은 별로 없었는데 말이다. 엄마가 음식을 만들면, 난 옆에서 맛을 봤다.

엄마, 오늘은 조금 달다.

엄마, 오늘은 아주 맛있어.

엄마는 내 의견에 항상 귀를 기울였다. 말이 별로 없는 엄마였지만, 내가 달다고 하면 고추장이나 간장을 조금 더 넣은 후 "이번엔 어때?"라고 물었다.

엄마가 살아 있을 때, 닭을 좀 먹었으면 좋았을 거다. 그때도 난 닭을 먹지 못해 양념 맛만 봤다. 만약 내가 닭을 먹어보고 엄마한테 이야기해주었으면, 엄마는 참 좋아했을 거다. 정말로, 그랬을 거다.

3

"명군, 좀 일어나 봐라."

준모가 나를 깨웠다. 벌써 아침 자율학습 시간이 끝났나 보다. 고개를 들어 주변을 둘러보니 교실에 아이들이 반 정도밖에 없다.

"넌 더운데도 잠이 오냐?"

준모가 학교 앞에서 나눠준 부채를 부치며 말했다. 부채를 부칠 때마다 부채에 그려진 유명 강사가 이리저리 춤을 췄다. 준모에게 손을 내밀었다. 저 부채는 아침에 내가 받아온 거다.

"나도 더워 인마. 좀 줘봐."

준모가 몸을 주욱 뒤로 뺐다.

"좀 줘봐. 자고 일어나서 더 덥다니까."

준모는 그럼 가위바위보를 해서 진 사람이 이긴 사람에게 30번씩 부채질을 해주자고 했다. 난 하자는 뜻으로 주먹을 내밀었다.

"가위바위보."

이런, 졌다. 나의 가위가 준모의 주먹에게 밀렸다. 준모가 내게 부채를 주었다. 난 건네받은 부채로 숫자를 세며 준모에게 부채질을 했다. 준모는 부채질을 받으며 계속 "아, 시원하다. 시원해"라는 말을 했다.

"다시 해."

부채질을 하고 나니 더 더웠다. 다시 가위바위보를 했고, 이번에

난 보자기를 냈다. 하지만 준모가 가위를 내버렸다. 난 다시 부채를 들었다. 부채질을 시작하니, 준모가 "회전"을 외쳤다. 녀석, 가지가지 한다.

"야, 또 해."

준모에게 다시 한 번 하자고 했지만 준모가 고개를 절레절레 저으며 말했다.

"됐어. 난 이제 안 더워. 너 부채질 엄청 잘한다."

준모가 키득거렸다. 아, 왠지 준모에게 당한 기분이다. 난 다시 책상 위에 엎드렸다.

"근데 너 요즘 왜 그렇게 잠을 자냐? 밤마다 뭔 짓을 하길래?"

준모가 의심스러운 눈빛으로 나를 쳐다봤다.

"아냐, 인마."

"설마, 기말고사 앞두고 공부라도 하는 거야? 네가?"

"미친."

그건 더 아니다.

"음식 맛 좀 보느라고 늦게 자."

요즘 누나는 새 메뉴 개발에 아주 열심이다. 아침에는 재료 준비를 해야 하느라 시간이 없어, 주로 식당 영업이 끝나고 요리를 한다. 지난주에 처음 점심 메뉴로 닭갈비덮밥과 치킨볶음밥, 삼계탕을 내놓았는데, 손님들 반응이 괜찮았다. 점심 손님이 두 배나 늘었다. 그 일에 탄력을 받았는지, 누나는 안동찜닭 레시피를 만들고 있다. 며칠째 만들고 있긴 한데, 아직은 다른 식당에서 파는 것만큼 맛이 나지 않았다.

준모와 얘기를 하고 있는데, 현석 형이 다른 야구부 애들과 함께 교실로 들어왔다.

"형, 웬일이야?"

준모가 자리에서 일어서며 물었다. 이번에는 거의 3주 만에 형이 수업을 들으러 왔다.

"인마, 나도 이 학교 학생이거든? 코치가 다음 주가 기말고사라고 얼굴 도장 찍고 오래."

준모는 제자리로 돌아가지 않고, 내 책상 위에 걸터앉았다. 준모는 현석 형에게 가위바위보를 해서 부채질을 하자고 했다. 그런데 준모는 계속 형에게 졌고, 준모만 부채질을 했다. 녀석, 아주 고소하다.

흐뭇하게 준모가 부채질하는 걸 지켜보고 있는데, 수지가 내 자리 쪽으로 다가오더니 잠깐 할 말이 있다며 나를 불렀다.

수지를 따라 교실 뒤로 갔다.

"미술대회 준비는 많이 했어?"

"어? 그냥 뭐."

다음 주 토요일, K대학에서 주최하는 미술대회가 있다. 하지만 난 준비는커녕 학원도 두 달째 나가지 않고 있다.

"이거 학원에서 받은 거 복사한 거야."

수지가 내게 프린트물을 건네주었다.

"이게 뭐야?"

펼쳐보니, 최근 몇 년 동안 K대학 미술대회에서 입상한 작품 모음집이었다.

"고마워, 매번."

"알면 됐어."

윤아가 다가와 수지를 불렀고, 수지는 윤아와 함께 복도를 걸어갔다.

교실로 들어와 보니, 어느새 준모는 자리로 돌아가고 없었다.

자리에 앉는데, 갑자기 현석 형이 팔로 내 목을 휘감았다.

"야, 너 아까 걔랑 친해?"

"누구? 이수지?"

형이 고개를 끄덕였다.

"그냥 좀. 수지도 미술 하거든."

"그렇구나. 쟤 완전 내 스타일이야. 나 좀 소개시켜줘."

형은 교실에 올 때마다 수지를 보긴 했지만, 제대로 인사를 해본 적이 없다고 했다. 형은 수지가 마음에 든다며 내게 수지를 만날 기회를 만들어달라고 했다.

"알았어. 수지한테 내가 말해볼게."

"정말? 고맙다, 자식."

형은 기분이 좋은지 휘파람을 불었고, 난 수지에게 받은 작품집을 천천히 살펴봤다.

조교들이 화지를 나누어주었다.

"이 도장이 찍히지 않은 화지는 심사에서 무효 처리되니까 주의해주세요."

대기실은 미술대회에 참가하는 아이들로 가득했다. 아이들의 표정이 자못 심각하다. 그림을 그리기 위해서가 아니라, 시험을 치르러 온 거니까.

교단 앞에 선 조교가 몇 가지 주의사항을 더 이야기했다. 제출 마감 시간을 늦지 말 것, 정해진 장소를 벗어나지 말 것 등등.

조교의 말이 끝나자, 아이들이 대기실을 빠져나가기 시작했다. 나는 아이들이 다 나갈 때까지 기다렸다.

그림대회에 온 아이들을 보니, 수상을 하는 게 쉽지 않을 것 같다. 수상자는 10명이 채 넘지 않는데, 대회에 참가한 아이들은 수백 명이 넘는다.

초등학교, 중학교 때까지는 미술대회에 꽤 많이 나갔다. 초등학생을 대상으로 미술대회를 주최하는 곳은 손에 꼽을 수 없을 정도로 많다. 학교, 교육청, 백화점, 공원 등등 날씨가 좋은 봄과 가을에는 매주 주말마다 대회가 열린다. 난 미술을 시작한 지 한 달도 채되지 않아 모 백화점에서 주최하는 미술대회에 나갔고, 장려상을 받았다. 그때는 내가 대단한 능력을 가지고 있다고 착각했다. 하지만 기업 홍보 차원에서 진행하는 대회는 수상자가 많고, 그림을 조금 그릴 줄 알면 장려상은 받을 수 있다.

중학교 2학년 때까지만 하더라도 대회에 나가면 거의 수상을 했다. 하지만 학년이 올라가면서 본격적으로 미술을 하는 아이들이 많아지게 되니, 자연스레 수상 횟수도 줄었다. 작년에 나간 대회에서는 한 번도 수상을 하지 못했다.

복도를 걷고 있는데 수지를 만났다.

"이재규, 이따가 끝나고 보자. 파이팅!"

수지가 미소를 지으며 내게 인사를 했고, 나도 수지에게 잘하라는 말을 했다. 시각디자인학과를 가고 싶어 하는 수지는 나와 지원 분야가 다르다. 이번 대회에서 나는 풍경화 부문을, 수지는 발상과 전환 부문에 지원했다.

건물 바깥으로 나와 그림을 그릴 만한 장소를 찾았다. 학교가 넓어, 자칫하면 장소를 찾는 데 시간을 많이 뺏길지도 모른다. 대회 시간은 네 시간이다. 오후 2시까지 제출하려면 서둘러야 한다. 이럴 줄 알았으면 미리 학교 홈페이지에 가서 조감도를 살펴보는 건데, 이번 대회는 준비를 거의 하지 못했다.

본관 앞을 서성이고 있는데, 아래쪽으로 쫙 펼쳐진 운동장이 눈에 들어왔다. 운동장을 둘러싸고 있는 나무들이 싱그럽다. 저 나무들을 주축으로 해서 그림을 그려야겠다.

나무가 잘 보이는 쪽으로 가서 자리를 잡았다. 이미 몇 명 아이들이 자리를 잡고 그림을 그리고 있었다. 열심히 그리고 있는 아이들을 보고 있으니 조바심이 나면서도 한편으로 기운이 빠진다.

중학교 3학년 때, 예고에 갈지 말지 고민을 했다. 학원 원장님은 떨어져도 밑져야 본전이니 예고 시험을 보라 했고, 엄마도 내가 예고에 가는 걸 바랐다. 식당 단골손님의 딸이 예고를 나와 유명 미대를 다니고 있었고, 내가 미술을 한다고 하니 꼭 예고를 보내라고 했다. 손님의 말을 들은 엄마는 예고를 나와야만 유명 미대에 갈 수 있다고 생각했다. 엄마는 내게 "재규야, 반드시 예고에 가야 해"라고 직접적으로 말한 적이 없다. 오히려 그 반대다. 엄마는 "엄마는 잘 모르지만, 사람들이 그러는데 예고에 가는 게 좋대", "우리 아들도 예고에 가면 좋긴 하겠다"라고 우회적으로 말했다. 엄마의 기대를 알았기에 시험을 치르려고 했다. 하지만 나와 함께 미술부였던 아이들의 그림을 보니 자신이 없어졌다. 우리 학교에도 나보다 잘 그리는 아이들이 이렇게 많은데, 다른 학교에는 얼마나 더 많을까. 자신감이 없어졌고, 그림 그리는 것도 싫어졌고, 결국 예고 입시를 치르지 않았다. 엄마에겐 인문계 고등학교를 가야 수능 준비를 할 수 있다고, 그래서 일부러 예고 입시를 치르지 않는 거라고 말해두었다. 내가 미술대회에 나가 상을 받아오지 못하면, 엄마는 그 주 내내 우울해했다. 예고 시험을 봐서 떨어진다면, 엄마는 내게 많이 실망할 거다. 난 엄마를 실망시키고 싶지 않았다.

마감시간에 맞춰 간신히 그림을 제출했다. 오랜만에 미술대회에 나온 거라 그런지 시간 분배를 잘 못했다. 막판에 시간이 조금 부족해 채색을 하다 말았다. 스케치를 하는 데 시간을 너무 많이 쓴 것 같다. 아무래도 이번 대회에서 수상은 어려울 것 같다.

계단을 내려가고 있는데 핸드폰 메시지가 왔다. 수지였다.

— 재규야, 그림 제출했지? 나도 방금 제출했어~. 아~ 배 너무 고프다. 우리 이 근처에서 점심 먹을래?

— ○○ 그러자~ 어디서 볼래?

— 정문 앞에서 5분 뒤에 만나!

정문에 서서 수지를 기다렸다. 수지가 몇 명의 여자아이들과 팔짱을 끼고 걸어오는 게 보였다. 처음 보는 아이들로, 수지의 학원 친구들인 것 같다.

"어, 그럼 월요일에 학원에서 봐."

수지가 친구들에게 인사를 했다. 저 아이들도 같이 점심을 먹으러 가는 줄 알았는데 아닌가 보다.

"뭐 먹을래? 먹고 싶은 거 골라. 내가 살게."

"정말?"

"네가 대회 있는 것도 알려주고, 작품집도 줬잖아."

"그럼 여기서 제일 비싼 거 먹어야겠다."

수지가 활짝 웃으며 손뼉을 쳤다. 수지와 나는 학교 앞 식당 간판을 하나씩 살폈다. 대학교 앞이라 그런지 음식점이 많았다.

"저거 먹을래?"

수지가 가리킨 곳은 스페인 요리 식당이다. 나는 좋다고 고개를 끄덕였다.

음식점에는 대학생들보다 미술대회를 끝내고 온 고등학생들이 더 많았다.

자리에 앉으니, 종업원이 곧바로 물과 메뉴판을 가져다주었다. 메뉴판에 적힌 요리 이름은 스페인어라 전부 다 생소하다. 다행히 옆에 조그맣게 요리 설명이 적혀 있다. 나는 해산물 빠에야를, 수지는 토마토 스튜를 주문했다.

"정말 기운 하나도 없다. 그치?"

수지가 의자에 몸을 기대며 말했다. 수지 말대로 한번 대회를 갔다 오면 진이 다 빠진다. 네 시간 내내 긴장한 상태에서 시간에 쫓겨 그림을 그리는 일은 하루 종일 모의고사를 보는 것보다 더 힘들다.

잠시 후, 주문한 음식이 나왔다. 수지는 배가 고프다는 말과는 달리 천천히 음식을 먹었다.

"이제 1년 남았어."

"그러네."

얼마 후면 고3 수험생의 수능 D-100일이고, 2학기에는 우리가 예비 고3이 되어 있을 거다.

"재규야, 근데 난 빨리 대학생이 되고 싶어."

"왜?"

"당연하잖아. 지금은 너무 조마조마해. 과연 내가 원하는 대학에 갈 수 있을지 없을지도 모르겠고. 재수하는 건 정말 싫거든. 우리 학원에 재수생 반이 따로 있는데, 그 언니 오빠들 보면 너무 비참해. 난 입시를 두 번은 치르고 싶지 않아."

"대학생이 되면 과연 나아질까?"

나도 수지처럼 빨리 스무 살이 되고 싶기도 하고, 또 아니기도 하다. 스무 살이 된 후에도 지금처럼 헤매면 어쩌나 두렵다.

"그나저나 너 학원은 언제 옮길 거야? 우리 학원으로 오라니깐."

"아, 나 사실 요즘 학원 아무 데도 안 다니고 있어."

"왜?"

수지는 놀랐는지 눈을 동그랗게 뜨고 내게 물었다. 놀란 수지의 모습이 꼭 토끼 같다.

"그냥 좀 쉬려고."

"이재규, 너도 참, 속 편하다. 지금 같은 때 쉬다니."

"그러게 말이다."

난 살짝 웃으며 대답했다. 하지만 속은 전혀 편하지 않다. 예체능반이라는 이유로 보충과 자율학습을 하지 않으면서, 다른 예체능반 아이들처럼 실기 준비를 하고 있지도 않다. 다들 제 일을 하고 있는데, 나만 직무유기를 하고 있는 것 같다.

"미대를 가야 할지 말지 모르겠어. 그림을 그리는 게 좋긴 한데, 다른 애들이랑 비교하면 내가 잘 그리는 건 아니니까."

수지에게 요즘 내 고민을 털어놓았다. 미대를 가야 하는 건지 아닌지, 만약 미대에 운이 좋아 합격한다 하더라도 과연 내 밥벌이는 할 수 있을지에 대해 말이다.

"여기 생각의 늪에 빠진 환자 한 명 또 있구나."

"생각의 늪?"

"생각하면 답이 나올 것 같지? 오히려 반대야. 생각하면 할수록 답은 더 안 나온다고. 요즘 사람들이 왜 그렇게 힘들고 아프다고 난리인 건데? 다들 쓸데없이 생각을 많이 해서라고."

수지는 그림 그리는 걸 좋아하면, 그냥 미대 입시를 계속 준비하라고 했다. 자기 역시 모든 과목 중 그나마 '미술'이 좋아서 하는 거라고 했다.

"대학 홈페이지에 들어가서 학과를 하나씩 살펴봐봐. 제일 흥미 있는 게 어딘지. 아마 너도 미대일걸?"

음식을 거의 다 먹었을 때 즈음, 종업원이 다가왔다. 후식을 먹을 수 있다며, 커피와 녹차, 아이스크림 중에서 고르라고 했고 우리는 둘 다 아이스크림을 주문했다.

"아까 그 애들은 같은 학원 다녀?"

"응."

"난 네가 그 애들이랑 같이 점심 먹을 줄 알았어."

"둘 다 남자 친구 만나러 갔어. 걔네는 다 남자 친구가 있거든. 학원에서 남친 없는 애는 나뿐이야."

수지가 낮게 한숨을 내쉬며 말했다.

"너도 사귀면 되잖아."

"남자가 없다고."

갑자기 현석 형이 떠올랐다. 현석 형이 따로 메시지까지 보내 수지를 소개시켜달라고 했는데, 깜박 잊고 있었다.

"저기, 현석 형 어때?"

"네 옆에 앉는 야구선수 오빠?"

"응. 그 형이 너한테 관심 있더라고. 한 번 만나볼래?"

수지는 스푼으로 아이스크림만 떠먹을 뿐, 아무 반응을 보이지 않았다. 혹시 현석 형에 대한 소문 때문인가? 형에게 물어봤는데, 유급당한 이유가 여학생과의 가출 때문이 아니었다. 야구부에서 부원끼리 싸운 일 때문에 징계를 받은 거라고 했다. 난 수지에게 현석 형에 대한 소문이 잘못된 루머라고 알려주었다.

"형 멋있잖아. 얼굴도 잘생겼고, 키도 크고, 실력도 있고. 나중에 메이저리그 갈지도 몰라. 그럼 연봉이 어마어마할걸?"

내가 계속 현석 형에 대한 칭찬을 하자, 수지는 한번 생각해보겠다고 말했다.

"재규야, 그만 가자. 나 피곤해."

수지의 표정이 별로 밝지 않았다. 대회 때문에 많이 피곤한가 보다. 난 알겠다 말하고 계산서를 들고 일어섰다.

씻고 나왔는데, 현석 형에게 메시지가 와 있었다. 나는 오늘 수지에게 이야기했다고 메시지를 보냈다. 그러자 형은 수지의 연락처를 알려달라고 했다.

그 전에 먼저 수지에게 다시 물어봐야 할 것 같다. 수지에게 메시지를 보냈다.

— 수지야, 집에 잘 들어갔어?

—ㅇㅇ. 쉬니까 조금 나아졌어^^

— 현석 형이 네 전화번호 알려달라는데, 알려줘도 돼?

수지가 답을 하지 않았다. 나는 다시 한 번 수지에게 물었다.

— 알려줘도 되지?

— 너, 정말 내가 현석 오빠랑 만나도 괜찮아?

—ㅇㅇ. 형 정말 괜찮은 사람이라니깐!

— 알았어. 그럼 오빠한테 알려줘.

현석 형에게 수지의 연락처를 보낸 후, 수지에게 곧 현석 형이 연락할 거라는 메시지를 보냈다.

수지는 메시지를 확인했지만, 답을 보내지 않았다. 나는 피곤할 테니 잘 쉬라는, 월요일에 학교에서 보자는 메시지를 보냈다. 하지만 수지는 더 이상 내게 메시지를 보내지 않았다.

4

여름방학이 시작되었다. 그리고 난 다시 학원에 나가기 시작했다.

예체능반은 방학 때 보충과 자율학습을 하지 않기 때문에 방학이 진짜 방학이다. 학교에 다닐 때는 얼른 방학을 했으면 좋겠다고 생각했는데, 막상 방학을 하니 그저 그랬다. 집에서 하루 종일 아무것도 하지 않고 지내는 건 지루했다. 계속 집에 있는 게 좀이 쑤셨다. 준모나 다른 아이들은 학원에 다니느라 다들 바쁘기에 그 녀석들과 만나 놀 수도 없다. 심심하게 지낼 바에야 학원에 다니는 게 낫겠다는 결론이 나왔다. 계속 미술을 해야 할지 말아야 할지 모르겠지만, 취미로 미술을 한다고 생각하면 학원에 못 갈 이유가 없다. 한국 고등학생에게 취미는 사치지만, 당분간은 사치를 좀 부려볼 생각이다.

9시에 맞춰 식당으로 내려갔다. 요즘엔 저녁 식사를 식당에서 은아 이모, 누나와 같이 한다. 식사 시간이 조금 늦긴 하지만, 집에서 혼자 챙겨 먹는 것보다 나았다.

오늘 저녁 메뉴는 냉면이다. 은아 이모가 만들기 귀찮으니까 시켜 먹자고 했지만, 누나는 돈을 아껴야 한다며 슈퍼마켓에서 사온 냉면을 가지고 직접 만들었다.

누나가 냉면을 끓이는 동안, 난 삶은 달걀껍질을 깠다. 달걀은 세 개를 삶았다. 누나와 은아 이모는 반개씩 먹지만, 나는 달걀 두 개를 먹을 거다. 난 닭은 좋아하지 않지만, 닭이 낳은 달걀은 좋아한다. 삶은 달걀을 먹으면 왠지 속이 꽉 찬 느낌이다. 그걸 두고 누나는 목이 메는 게 뭐가 좋으냐고 하지만, 난 삶은 달걀의 퍽퍽함이 좋다.

채 썬 오이에 달걀, 그리고 양념장까지 넣으니 냉면집에서 파는 것과 제법 비슷하다. 누나는 식당 일을 시작하고 난 뒤 음식을 장식하는 실력이 많이 늘었다. 보기 좋은 떡이 맛도 좋다며, 음식을 예쁘게 담으려고 노력했다.

난 냉면 한 그릇을 다 먹은 후, 주방으로 들어가 은아 이모가 많다며 덜어놓은 것을 가져와 그것마저 다 먹었다. 살얼음이 낀 육수까지 몽땅 마시고 나니, 더위가 조금 가셨다. 그런데 은아 이모는 냉면을 반이나 남겼다.

"이모, 입맛 없어?"

며칠 전부터 은아 이모가 밥을 잘 먹지 못했다. 계속 입맛 없다고 하고, 살도 조금 빠진 듯했다.

"여름이잖아. 신경 쓰지 마."

"식당 일 힘들어서 그런가 봐. 이모, 내일부턴 내가 와서 도울게."

"됐어. 너 공부해야지."

이모가 괜찮다고 했다. 그러자 옆에서 누나가 애가 공부는 무슨 공부를 한다고 그러냐며, 내일부터 식당에 나오라고 했다. 같은 말이라도 누나는 꼭 기분 나쁘게 한다. 내가 누나를 째려보았지만 누나는 전혀 신경 쓰지 않았다. 괜히 째려본 내 눈만 아프다.

주방에 그릇을 가져다놓은 후 행주를 가져왔다. 은아 이모가 닦겠다고 했지만, 난 내가 하겠다고 했다.

"이모, 내일부터는 좀 쉬면서 해. 내가 많이 할게."

내 말에 은아 이모가 활짝 웃었다.

"하여튼 우리 재규는 참 말도 예쁘게 한단 말이야. 네가 딸이고, 재연이가 아들이었어야 해. 언니도 늘 그랬어. 넌 딸 같은 아들이고, 재연이는 아들 같은 딸이라고."

이모가 웃으며 말했다. 이제 이모는 엄마 이야기를 조금은 자연스럽게 한다. 얼마 전까지만 하더라도 은아 이모는 엄마 이야기가 나오면 눈물을 보였다. 엄마의 사고는 나와 누나에게뿐만 아니라, 은아 이모에게도 커다란 충격이었다. 은아 이모는 비록 엄마의 친동생은 아니지만, 둘은 친자매만큼 가까웠다. 은아 이모는 엄마가 속내를 털어놓는 유일한 사람이었고, 은아 이모도 엄마에게 많이 의지를 했다. 식당을 다시 한다고 했을 때, 은아 이모가 누나를 돕기로 한 건 모두 엄마 때문이다.

설거지를 끝내고 나온 누나가 이모와 나에게 잠깐 상의할 게 있다고 했다. 저녁을 먹으면서 이야기하지 않은 걸 보면 조금 긴 이야기인 것 같다. 대부분의 여자들과 달리, 누나는 밥 먹으면서 이야기하는 걸 별로 좋아하지 않는다. 밥 먹을 때는 말을 거의 하지 않고 밥만 먹는다. 뭐 엄마도 그렇긴 했다. 그래서 은아 이모랑 나, 엄마, 누나 이렇게 넷이 밥을 먹으면, 누나와 엄마는 꼭 따로따로 합석한 모르는 손님들 같았다. 나와 은아 이모 둘만 이야기를 하고, 엄마와 누나는 거의 말을 하지 않았다.

"이번엔 또 뭔데?"

내가 조금 삐딱하게 말을 하니, 누나가 눈을 부릅뜨며 나를 노려봤다.

"요즘 식당 매출이 조금씩 늘고 있잖아. 근데 아직 부족해. 뭔가 특별한 게 있어야 할 것 같아."

누나가 꽤 진지하게 말했다. 메뉴도 바꿀 만큼 바꿨고, 틈틈이 인테리어도 손을 봐 예전보다 식당은 밝은 분위기가 났다. 메뉴, 인테리어 말고 또 바꿀 게 뭐가 있나 싶다.

"방송에 나가볼까 해."

"방송?"

누나는 텔레비전 맛집 프로그램에 출연하겠다고 했다.

"어머, 누가 우리 식당에 취재 온다니?"

은아 이모는 언제 연락이 왔냐며 너무 잘됐다고 말했다.

"이모, 방송국에서 먼저 연락 와서 출연하는 게 아니야."

"그럼?"

"대부분 방송 브로커를 통해서 나가는 거야."

누나가 은아 이모에게 설명했다. 나도 얼핏 인터넷에서 맛집 방송에 대한 글을 본 적이 있다. 방송에 나오는 맛집 프로그램 중의 대부분이 돈을 받고 나오는 게 아니라, 오히려 돈을 주고 출연한다는 것이다. 내가 이 이야기를 이모에게 하자, 이모는 말도 안 된다고 했다.

"돈을 얼마나 줘야 하는데? 50만 원? 100만 원?"

이모의 질문에 누나가 고개를 가로저었다.

"대충 알아보긴 했는데 최소 700만 원에서 2,000만 원까지 있대."

"말도 안 돼. 뭐가 그렇게 비싸?"

터무니없이 비싸다. 그 돈을 내고 방송에 나올 바에는 차라리 나오지 않는 게 나을 것 같다. 하지만 누나는 방송에 나오는 건 광고나 마찬가지기 때문에 비싼 금액만은 아니라고 했다. 누나는 텔레비전에 한 번 나오면 손님이 훨씬 더 많아질 거라며, 버스 정류장 앞에 있는 카레식당을 예로 들며 말했다. 그 식당도 처음 문을 열었을 때는 손님이 그렇게 많지 않았는데, 방송에 한 번 나온 후로 '맛집'이라는 칭호가 붙어 소위 대박이 났다는 것이다.

"하지만 지금 정도만 유지해도 나쁘지 않잖아. 꼭 그렇게까지 해야겠어?"

난 그런 식으로 방송에 나오는 게 내키지 않았다. 하지만 누나는 오히려 나에게 현실을 직시하라고 했다.

"지금처럼 식당 운영해서는 평생 대출금 못 갚아. 너, 우리 집 빚이 얼만지 몰라서 그래?"

엄마가 처음 이 건물을 샀을 때 약간 무리를 했다. 게다가 외삼촌 사업이 어려워지면서 엄마가 건물을 담보로 해서 대출을 더 받았다. 친구들은 우리 집에 건물이 있다고 하면 엄청 부러워하지만, 사실 대출금을 갚지 못하면 건물을 팔고 나가야 할 수도 있다.

"나, 정말 식당 잘 운영해보고 싶어. 그럴 자신도 있고."

누나는 방송 브로커를 다 알아봤다고 했다.

"누난 이미 다 결정한 거네. 이게 무슨 상의야?"

난 누나에게 화를 냈다. 지금 우리의 대화는 전혀 상의가 아니다. 일방적인 통보에 불과하다.

"정말 자신 있어?"

은아 이모가 누나에게 물었다. 이모는 누나가 하겠다면 허락할 듯했다. 난 "이모!" 하고 소리쳤다. 이모는 오늘은 너무 늦었으니, 내일 다시 이야기해보자고 했다.

이모가 가고 난 후, 식당에 누나와 나 둘만 남았다. 어떻게든 누나를 막아야 한다. 누나의 발상은 별로 좋아 보이지 않는다.

"난 반대야. 방송에 나와서 맛집이 된다 한들, 그게 무슨 맛집이야? 그런 건 다 사기라고."

내 뜻을 강하게 누나에게 피력했다.

"그게 왜 사기야? 이건 엄연히 홍보라고."

"왜 그렇게 욕심을 부려? 음식 맛을 좋게 해서 손님을 오게 만들면 되잖아."

"멍청아, 그게 말처럼 쉬운 줄 알아? 지금처럼 식당 운영하다가는 문 닫게 될지도 몰라."

누나가 계속 고집을 부렸다.

"누나, 돈은 있어? 대출금 갚는 것도 빠듯하잖아. 돈 1,000만 원이 누구 집 애 이름이야?"

누나가 내 말에 대답을 하지 않고 벽 쪽을 쳐다봤다. 설마.

"엄마 보험금 쓰겠다는 거야? 제정신이야?"

"뭐, 어차피 그 돈 우리 쓰라는 돈이잖아. 내가 그걸로 명품 백을 사겠대, 아니면 차를 사겠대? 식당 잘 해보려고 하는 거잖아. 그리고 대학등록금에 비하면 많은 돈도 아니야. 내가 대학 안 가는 대신 식당에 투자하겠다는데, 그러면 좀 안 돼?"

"차라리 대학에 가!"

"가기 싫다고 했잖아, 이 자식아! 넌 몇 번을 말해야 알아듣냐?"

누나가 의자에서 벌떡 일어서며 주먹으로 식탁을 쾅하고 내리쳤다. 나도 누나를 따라 일어섰다. 누나가 나를 올려다봤다. 누나와 나는 키가 10센티미터 가량 차이 나기 때문에, 같이 일어서게 되면 내가 누나를 아래로 내려다보게 된다.

"엄마라면 절대 돈 주고 그런 일은 안 해!"

"무슨 상관이야?"

누나가 내 시선을 외면하며 말했다.

"무슨 상관이라니? 여기 엄마 식당이잖아. 왜 누나는 엄마가 싫어하는 행동만 골라서 해? 엄마는 자기 식당을 그런 식으로 운영하는 거 싫어할 거라고. 왜 누나 멋대로 하냐고!"

"여기가 왜 엄마 식당이야? 이젠 내가 하는 식당이야."

"그래도 여긴."

"멍청아! 너 언제까지 엄마, 엄마 하며 지낼 건데? 엄마가 여기 와서 음식 맛이라도 봐줄 것 같아? 식당이 잘되면 기뻐해주고, 잘 안 되면 우릴 혼내고? 아니, 엄마는 우리한테 아무것도 못 해줘. 엄마는 여기 없으니까. 이젠 너랑 내가 다 알아서 해야 한다고, 이 멍청아!"

누나가 소리를 질렀고, 난 말하고 있는 누나를 확 밀쳤다. 누나는 날 한 번 노려보더니 의자에 털썩 주저앉았다. 누나가 나에게 욕을 하며 화를 냈지만, 난 진혀 개의치 않고 식당 문을 열고 나왔다.

화가 난다. 내가 더 화가 나는 건 누나의 말이 틀리지 않기 때문이다. 엄마는, 우리 옆에 없다. 앞으로 식당이 잘돼도 엄마는 볼 수 없다. 내가 고등학교를 졸업하는 것도, 대학에 가는 것도, 결혼을 하는 것도, 아이를 낳는 것도, 엄마는 아무것도 볼 수 없다. 엄마는 더 이상 우리 옆에 없다.

엄마에게 미안하지만 늘 엄마를 기억하며 살지는 않는다. 엄마를 억지로 생각하지 말아야지, 그런 생각을 하는 건 아니다. 그냥 학교에 있다 보면, 텔레비전을 보고 있거나 컴퓨터 게임을 하다 보면, 엄마에 대해 생각하지 않고 있을 때가 많다. 하지만 때때로 엄마 생각이 날 때면 가슴이 터질 것 같다. 답답해서 그런 게 아니라, 심장이 통째로 사라져버린 기분이다. 내 기억 속에 없는 아버지라는 존재는 아무리 생각해도 조금 아쉬울 뿐이지만, 엄마는 그렇지 못하다.

엄마가 좋으면 나도 좋았다. 미술대회에서 작은 상이라도 받으면 엄마는 마치 자신이 상을 받은 것처럼 좋아했다. 이모에게, 가게에 오는 손님들에게 몇 번이고 자랑을 했다. 미술대회에 나가는 건 행복한 일이었다. 엄마를 웃게 할 수 있으니까. 엄마를 기쁘게 할 수 있으니까. 나는 상을 받을 때는 별로 좋지 않다가, 엄마가 행복해하는 모습을 보면 그제야 상을 받은 게 기뻤다. 하지만 이제 나는 언제 기쁠까. 언제 행복할 수 있을까.

껌껌한 방에 들어와 조용히 엄마를 부른다.

"엄마, 엄마……."

몇 번을 부르지만 엄마는 아무 대답을 하지 않는다. 이 어둠이 날 몽땅 삼켜버렸으면 좋겠다.

가을, 내일의 기대들

행복
식당

1

9월이 되었지만 여전히 날씨가 덥다. 아이들은 덥다는 핑계로 수업 시간에 축축 늘어져 있다. 수업을 들어오는 과목 선생님마다 우리들은 이제 예비 고3이라며, 이제 수능이 1년밖에 남지 않았다는 말을 했지만, 담임만은 달랐다.

"너희 편한 날도 이제 1년밖에 안 남았어. 스무 살 돼봐라. 성인 되면 좋을 것 같지? 다 니들이 알아서 해야 해."

담임은 우리를 온실 속 화초에 비유했다. 부모가 주는 돈 받아쓰고, 학교 가면 선생님들이 하라는 대로 하니까 학생 때까지는 크게 어려움이 없지만, 막상 사회에 나가면 스스로 돈을 벌고, 자기가 알아서 일을 해야 하니까 절대 쉽지 않다는 것이다. 담임이 아무리 그렇게 말을 해도 우리는 먼 나라 이야기인 듯, 우리랑은 상관없다는 듯 한 귀로 듣고 한 귀로 흘렸다. 미래라는 건 반드시 오지만, 사람들은 미래를 잘 생각하지 않는다. 미래가 현재가 될 때에만 '맞다. 그랬지' 하고 잠깐 깨달을 뿐이다. 그리고 또다시 오늘을 살아간다. 그런 걸 보면 인간은 그리 똑똑한 존재는 아닌 것 같다.

0교시 시작을 알리는 종소리와 동시에 준모가 교실 안으로 들어왔다.

"야, 나 다음 달에 콩쿠르 나간다."

준모가 신이 나서 말했다. 준모는 자리에 바로 앉지 않고, 교실 뒤에서 두 바퀴를 연속으로 돈 후 자리에 앉았다.

"엄청 큰 대회라 아무나 못 나가는데 학원 선생님이 날 추천해 줬어. 무용 시작한 지 얼마 안 돼서 추천은 기대도 안 했는데 말이야. 선생님이 날 부르시고는 뭐라고 말했는지 아냐?"

"뭐라고 하셨는데?"

"나만큼 재능 있는 학생을 못 봤대. 내가 충분히 수상 가능성이 있대."

준모가 으하하, 하고 웃었다. 준모가 너무 입을 크게 벌려 웃기에, 나는 샤프를 준모 입에 넣었다 뺐다. 그러는 동안에도 준모는 웃음을 멈추지 않았다. 녀석, 어지간히 좋은가 보다.

"대회가 언제야?"

"10월 마지막 주 토요일. 오늘부터 엄청 바빠질 거야. 안무도 짜야 하고, 연습 많이 해야 하거든."

준모가 매우 들뜬 목소리로 대답했다. 준모는 평소에도 들떠 있긴 하지만, 춤 이야기를 할 때는 평소보다 열 배는 더 신이 나 보인다.

"부럽다."

내 말을 들었는지 못 들었는지 준모는 계속 실실 웃기만 했다.

"아, 얼른 수업 끝나고 학원 가고 싶다."

자신이 좋아하는 일을 정확히 알고 있고, 또 그걸 한다는 것만큼 기쁜 일은 없을 것 같다. 나에겐 그런 일이 있을까? 그림을 그리는 게 그런 일이 맞을까? 공부보다야 훨씬 재밌긴 하지만, 준모가 춤을 좋아하는 만큼 그림에 빠져 있지는 않다.

작년과 올 초, 새 학기에 지망 대학과 지망 학과를 써서 낼 때는 계속 미대나 미술교육과를 적었다. 내년에도 그럴지는 잘 모르겠다. 그림 말고 다른 대안이 있는 것도 아니고, 그렇다고 그림 그리는 게 엄청 좋은 것도 아니고, 하여튼 어려운 문제다.

"야, 명재규. 배고프다. 매점 갔다 오자."

"지금?"

준모가 고개를 끄덕였다. 준모는 늦잠을 자서 아침을 먹지 못했다고 했다.

"걱정 마. 안 걸려. 선생님들 다 수업 들어가 있는데 뭘."

지금은 0교시라, 우리 반을 제외한 다른 반은 아침 보충수업이 진행 중이다.

나와 준모는 교실 문을 열고 나왔다. 토끼뜀을 할 때처럼 앉은 후, 복도를 앉은걸음으로 걷기 시작했다. 다른 반 창문으로 몸이 보이면 안 되기 때문이다.

매점은 한산하다. 우리 반 아이들 몇 명만 있을 뿐이다. 우리 반 애들은 일부러 0교시에 몰래 매점에 온다. 쉬는 시간이 되면 전교생이 몰려 시끄럽고, 물건을 사는 것 자체가 전쟁이다.

준모는 햄버거와 프랑크소시지, 그리고 우유를 두 개씩 집었다.

"난 소시지 안 먹어."

"맞다. 너 소시지 별로 안 좋아하지."

준모가 프랑크소시지 하나를 다시 제자리에 갖다 놓았다.

계산을 한 후, 햄버거와 우유를 들고 매점 식탁에 앉았다.

"이 맛있는 걸 왜 안 먹냐. 너도 참 식성 특이해."

준모가 프랑크소시지 포장지를 뜯은 후, 소시지를 한 입 베어 물었다. 준모는 한 입에 소시지 반개를 먹어치웠다.

"몰라. 난 그 소시지 냄새가 싫어. 뭔가 이상한 탄 냄새 나잖아."

유치원을 다닐 때 매일 간식이 나왔고, 프랑크소시지는 단골 간식 중 하나였다. 나는 프랑크소시지가 나오면 먹지 않고 두었다가 집에 가져갔다. 누나는 나와 달리 프랑크소시지를 아주 좋아했다. 내가 프랑크소시지를 가져다주면, 누나는 아주 좋아했다. 그래서 간식으로 프랑크소시지가 나오는 날은 간식을 먹지 못해 아쉽긴 했지만, 누나가 좋아할 생각을 하면 그리 기분이 나쁘지는 않았다.

"너, 은근히 착했구나."

준모에게 프랑크소시지 이야기를 했더니, 자기랑 남동생은 절대 그러지 않았을 거라고 했다.

"어차피 난 싫어하니까."

"뭐 그렇긴 하네. 근데 너, 진짜 괜찮냐?"

"뭐가?"

"수지랑 현석 형 말이야."

"너까지 왜 그래?"

난 상관없는 일이라고 손사래를 치며 대답했다. 여름방학부터 수지와 현석 형이 사귀었고, 그 사실을 알게 된 아이들 몇 명이 내게 와서 괜찮으냐고 물었다. 나와 수지가 친구 이상의 관계라고 오해한 아이들이 꽤 되었다. 그때마다 나는 둘을 소개해준 게 나라고 말했다. 뭐 수지가 현석 형을 사귄 후로 나에게 연락을 하는 게 뜸해지긴 했다. 그 전에는 수지가 항상 내게 먼저 연락을 해서 미술대회 소식이나 입시와 관련된 정보를 주었는데, 현석 형과 사귄 후로 연락이 거의 오지 않았다. 남자 친구가 생겼으니 당연한 일이다.

햄버거를 먹고 매점에서 나가는데, 매점 앞에서 담임과 딱 마주쳤다. 담임은 내 이럴 줄 알았다는 표정을 지었고, 우리는 머쓱하게 웃기만 했다.

"교무실로 따라와."

"네."

우리는 담임 뒤를 졸졸 따라갔다.

"내가 안 간다고 했잖아."

"잘 먹어놓고 왜 딴소리?"

"있으니까 먹은 거지."

"그래놓고 내 햄버거까지 뺏어 먹냐?"

준모와 투닥거리고 있는데, 담임이 뒤를 돌아보며 조용히 하라고 했다. 우리는 "네"라고 대답한 후, 소리 나지 않게 입모양으로 서로를 탓하며 걸었다. 그러다 결국 담임에게 들켰고, 담임이 우리 쪽으로 걸어와 준모와 내 이마에 핵꿀밤을 한 대씩 날렸다.

"철 좀 들어라, 이것들아."

"에이, 선생님. 철들면 죽는다잖아요."

준모의 대꾸에 선생님이 준모 머리를 향해 다시 주먹을 들었다. 준모가 급히 내 뒤로 몸을 숨겼다.

"선생님, 하루 두 대는 곤란합니다."

난 선생님을 막아 세우며 말했다.

"아주 대단한 우정들 나셨어요."

선생님은 어이가 없으신지 "거참"이라고 말하며 앞서 걸었고, 나와 준모는 헤헤 웃으며 선생님을 따라갔다.

수업이 끝나자마자 식당으로 달려갔다. 오늘 오후에 방송 브로커가 식당에 온다고 했다. 내가 반대했지만 누나는 끝내 방송에 나가겠다고 했다. 누나는 은아 이모를 제 편으로 만들었고, 은아 이모까지 누나의 꼬임에 넘어가 날 설득했다. 두 사람이 좋다고 하니, 나 혼자 끝까지 반대하고 나설 수는 없는 노릇이었다. 게다가 내가 끝까지 싫다고 해도 누나는 내 말을 들을 사람이 아니었다.

은아 이모와 누나 앞에 50대 초반 정도의 남자가 앉아 있다. 나도 누나 옆에 자리를 잡고 앉았다. 남자는 이제 식당에 도착했는지, 막 명함을 꺼내 은아 이모와 누나에게 주었다. 나에게는 주지 않았다. 누나가 들고 있는 명함을 슬쩍 훔쳐보니, 명함에는 김원삼 실장이라고 적혀 있다.

김 실장이라는 남자는 두꺼비를 닮았다. 툭 튀어나온 눈과 늘어진 볼 살, 그리고 두툼한 귓불까지. 누나는 인터넷 사이트를 통해 김 실장을 만났다. 김 실장은 식당과 방송제작사를 연결해주는 브로커로, 그 세계에서 꽤 유명한 사람이라 한다.

"내가 성공시킨 식당이 셀 수가 없다니까. 일산 해물짬뽕, 신촌 양푼돼지갈비, 분당 해물닭칼국수, 대전 25찬 한정식, 진주 명품오리고기, 광주의 핫치킨 등등 나도 다 못 외워."

김 실장은 우리를 만나자마자 자신이 방송에 출연시켜 성공시킨 식당에 대해 줄줄 늘어놓았다. 그는 전국구로 움직였다.

한참 자랑을 하던 김 실장은 가방에서 노트북과 CD를 꺼냈다. 자신이 성사시킨 식당 중 엑기스 영상만을 뽑아왔다고 했다. 김 실장은 노트북을 켜 영상을 재생시켰다. 텔레비전에서 많이 본 맛집 소개 프로그램이었다.

"이런 맛 처음이에요!" "저는 이거 먹으러 서울에서 부산까지 왔다니까요." "제가 고등학생 때부터 20년간 다닌 식당이에요." "아, 이거 세 명이서 먹어도 남아요. 양도 많고 맛도 최고예요!"

손님들은 하나같이 엄지를 치켜세우며 맛있다고 난리도 아니었다.

이모가 가격이 너무 비싸서 걱정이라고 하니, 김 실장은 그런 생각을 버리라고 했다.

"이모님, 걱정 마세요. 몇 배로 수익을 거둔다니까요. 저 만나겠다고 식당들이 줄을 섰어요. 하루에 전화가 몇 통 오는 줄 알아요? 자그만치 100통도 넘게 와요. 서로 방송 나오겠다고, 제발 한 번만 만나달라고 말이에요. 보통 1년씩 기다려야 저랑 만날 수 있어요. 그런데 이 식당은 워낙 사연도 특별하고, 어린 여사장이 힘쓰는 게 기특해서 제가 특별히 순서 바꾸고 온 거라니까요. 이모님, 저만 믿으시라니까요."

김 실장은 자기보다 더 어린 은아 이모에게 '이모님'이라고 불렀다. 김 실장은 적어도 쉰 살은 되어 보였다.

김 실장은 우리 식당 메뉴판을 자세히 살폈다.

"메뉴가 너무 평범하네. 닭볶음탕, 안동찜닭, 치킨볶음닭, 닭갈비덮밥, 삼계탕. 이게 다예요?"

김 실장은 메뉴가 평범할 뿐만 아니라, 가지 수도 너무 적다고 했다.

"방송에 나와서 화제가 되려면, 몇십 년 전통이라거나, 양이 푸짐한데 가격이 싸거나, 특별한 메뉴가 있어야 한단 말이야. 근데 이게 뭐야? 전통도 없고, 가격이 싸지도 않고, 메뉴도 평범하잖아."

김 실장이 고개를 절레절레 저었다.

"그럼 어떡하죠?"

누나와 은아 이모가 걱정스런 얼굴로 김 실장에게 물었다. 김 실장은 점쟁이 같았고, 누나와 이모는 고민 해결을 위해 찾아온 손님들 같았다.

"어쩌긴. 내가 누구야? 마이더스의 손 김 실장 아니야. 나한테 다 맡겨."

김 실장이 쓰윽 미소를 지었는데, 아주 느끼했다. 그는 가방에서 스프링 노트를 꺼내 무언가를 적었다.

"자, 이 정도는 돼야지."

김 실장이 노트를 우리 앞으로 밀어 보여주었다.

"메뉴를 이렇게나 많이요?"

기존 메뉴를 제외하고 10개가 더 많았다. 치킨마요덮밥, 불닭덮밥, 치킨카르보나라, 닭강정덮밥, 초계탕, 치킨가스, 치킨샐러드, 데리야키치킨덮밥, 파닭덮밥, 매운치킨가스 등등, 자신이 알고 있는 닭요리는 다 쓴 것 같았다.

"이 집의 콘셉트는 별별 닭요리가 다 있는 집이어야 해. 즉, 닭에 관한 모든 것이 되어야 하는 거지. 닭에 관한 모든 것, 참 멋지네."

김 실장은 자신의 말에 스스로 감탄했다. 김 실장은 우리 식당의 콘셉트를 '닭에 관한 모든 것'으로 잡았다.

"근데 저희는 이 메뉴를 다 팔 수 없어요. 지금 메뉴만으로도 충분하고, 저 혼자 주방 일을 하기 때문에 불가능해요."

누나가 노트를 들여다보며, 이 요리를 다 만들 수 없다고 했다.

"하 참. 이 아가씨 답답하네. 누가 이걸 진짜 다 팔래? 이건 방송에만 나갈 거야. 그리고 어차피 방송에선 열다섯 가지 메뉴를 다 못 보여줘. 아가씨가 제일 잘 만드는 요리 두세 개만 만드는 과정을 보여주고, 다른 요리는 1초도 안 나갈 거예요. 정 만들기 힘들면 다른 식당에 가서 사 와도 되고."

김 실장은 처음에는 누나를 이 사장이라고 부르더니, 갑자기 아가씨로 호칭을 바꾸었다. 말도 반말과 존댓말을 섞어서 썼다.

"그건 거의 사기나 마찬가지잖아요."

"아, 이 학생. 말을 심하게 하네!"

내 말에 김 실장이 화를 냈고, 누나는 내가 아직 어려서 잘 모른다며 신경 쓰지 말라고 했다. 아직 어려서 모른다니, 이건 다 큰 사람 누가 봐도 충분히 사기라고 생각하고도 남을 거다. 하지만 김 실장은 이건 모두 홍보가 목적이라며, 사람들은 방송에 무슨 음식이 나왔는지 기억을 하지 못한다고 했다. 그냥 식당 앞에 'XX방송 출연 맛집'이라는 것만 걸리면, 최소 손님이 두 배는 늘어난다는 것이다.

"하여튼 나만 믿어. 식당 대박 나서 돈방석에 오를 날만 기다리고 있으라고."

김 실장은 촬영 날짜가 정해지면 연락을 해준다고 했다. 아무래도 9월에는 촬영 스케줄이 꽉 차서 힘들고, 10월 초는 되어야 촬영이 가능하다고 했다. 이모와 누나가 준비해야 할 것을 물으니, 돈만 잘 준비하면 된다고 했다.

"저기, 손님들은 어떡하죠? 사실 저희 가게에 손님이 그리 많은 게 아니라서."

누나가 곤란한 듯 김 실장에게 물었다. 방송에 나오는 맛집들은 손님이 가득했다. 그에 비해 우리 식당은 손님이 아무리 많이 와도 빈 테이블이 한두 개씩은 꼭 있다. 우리 집은 줄서서 기다리는 식당이 아니다.

"걱정 마셔. 그것도 다 내가 알아서 할게."

김 실장은 방송에 나오는 사람은 실제 손님이 아니라, 보조출연자라고 했다.

"손님들이 밥 먹는 거 촬영한다고 하면 협조 잘 해줄 것 같아? 절대 안 해. 해주더라도 '맛있어요' 한마디만 한다고. 그건 전문 배우들이 따로 있어."

김 실장은 한 편의 광고를 찍는 것이나 마찬가지라며, 자신이 연출자 데려오지, 배우 데려오지, 방송 콘셉트까지 잡아주지, 이래도 계속 가격이 비싸다고 할 거냐고 했다. 김 실장은 자신이 마치 유명한 영화제작자라도 되는 것처럼 거들먹거렸다.

김 실장은 다른 식당과의 약속이 있다며 자리에서 일어섰다. 누나는 김 실장이 가는 길까지 따라 나가 식당 문을 열어주고 매우 상냥하게 감사하다는 말까지 했다.

식당 안으로 들어오는 누나의 표정이 매우 밝았다. 이미 대박 맛집 사장님의 얼굴이었다.

"방송 나오고도 손님 안 늘기만 해봐."

"걱정 마. 내가 우리 식당을 대박 식당으로 만들 테니까."

누나가 콧노래를 부르며 주방 안으로 들어갔다.

"이모, 정말 이렇게까지 해야 해? 방송이 뭐라고."

이모는 누나가 잘 알아보지 않았겠냐며 믿어보자고 했다.

"재규야, 위층에 가서 노트북 좀 가져와."

"왜?"

"손님 오기 전까지 이 CD 좀 다시 보자."

은아 이모가 김 실장이 주고 간 CD를 가리키며 말했다. 이모는 자기도 방송에 나올 거라며, 연습을 많이 해야겠다고 했다. 아, 이모까지 정말. 김 실장의 잘난 척이 가득 담긴 걸 다시 보고 싶지 않았지만, 이모의 부탁에 4층에 가서 노트북을 가지고 내려왔다.

식당에서 저녁을 먹은 후, 정리를 끝내고 집으로 올라왔다. 누나는 요즘 계속 기분이 좋다. 김 실장을 만난 후로 더 그런 것 같다.

"누나, 좋아?"

"뭐가?"

"그냥 뭐. 식당 일은 할 만해?"

"뭐 그럭저럭."

말은 저렇게 하지만, 누나는 요즘 식당 일에 꽤 빠진 듯하다.

"누나, 가수가 되고 싶다는 꿈은 완전히 포기한 거야?"

난 서진 누나에게 다 들었다고 했다.

"고등학생 때 내내 오디션 보러 다녔다면서, 어떻게 그리 빨리 접을 수 있어?"

"그러게."

누나도 내 말에 동의하는지 고개를 끄덕였다.

"왜 가수가 되고 싶었던 거야?"

"그땐 노래를 조금만 잘하면 누구나 가수를 꿈꾸잖아. 나도 그랬던 것뿐이야."

하긴. 방송에서 주최하는 가수 오디션 프로그램만 하더라도 한두 개가 아니다. 매번 지원자가 100만 명이라고 하는데, 따져보면 우리나라 국민 50명 중의 1명은 매년 오디션에 나가는 꼴이다. 우리 학교에도 오디션 프로그램에 나간 애들이 셀 수도 없이 많다.

"지금 생각해보면 노래를 잘해서가 아니라, 그냥 집중할 뭔가가 필요했던 것 같아. 오디션 1차는 거의 다 합격했는데 2차에서는 번번이 떨어졌어. 같은 동아리 애들이 나가니까 나도 나갔던 거고.

고등학교 졸업하니까 그냥 재미없어졌어."

"이젠 하나도 미련 없어?"

"응."

꿈이 한순간에 바뀔 수 있는 걸까? 그렇다면 지금 누나의 꿈은 대박 식당의 사장님이 되는 건가? 내가 물으니, 누나는 그건 잘 모르겠다고 대답했다.

"지금은 식당을 잘 운영해보고 싶어. 엄마가 운영할 때보다 식당이 더 잘됐으면 좋겠어."

누나에게서 여사장의 기운이 느껴졌다.

누나는 식당을 하고, 준모도 콩쿠르에 나간다고 하고, 다들 자신이 해야 할 일을 하고 있는 것 같은데, 나만 제자리인 것 같다. 영원히 고등학생으로 살 수만은 없다.

"누나, 난 커서 뭐가 되어야 할까?"

누나가 뚫어지게 나를 쳐다봤다.

"우선 넌."

"난?"

"인간이 먼저 돼, 멍청아."

누나가 그 말을 하더니 깔깔대며 웃기 시작했다. 진지한 상황을 코미디로 만들어버리는 누나가, 정말 싫다.

2

식당이 북적북적했다. 식당 문을 연 이래로 이렇게 사람이 많은 건 처음이다. 촬영을 하기 위해 온 방송 스태프와 전문 보조출연자의 수만 하더라도 서른 명이 넘었다.

식당문 유리에 '오늘 방송 촬영으로 저녁 7시부터 영업합니다'라고 크게 써서 붙였다. 촬영을 하면서 일반 손님을 받을 수 없고, 무엇보다 방송 촬영을 한다고 써놓으면 지나가는 사람들이 볼 수 있어 그때부터 홍보가 시작된다고 김 실장이 설명했다.

누나와 서진 누나는 주방에서 쉴 새 없이 촬영용 요리를 만들었다. 두꺼비 남자의 조언대로, 식당에서 실제 팔지 않는 메뉴까지 만들었다. 한 테이블에 6명 정도가 앉아 있고, 6명이 모두 다른 닭 요리를 시켜 다양한 메뉴를 선보인다. 게다가 1인분이 2인분 이상으로 보일 수 있도록 양은 푸짐해야 한다.

"아, 이거 데코가 너무 약해. 이렇게 하면 텔레비전에 색깔이 잘 안 나와. 물엿 있지? 그걸 좀 팍팍 써서 윤기가 나게 해봐. 그리고 닭볶음탕은 양을 더 많이 해. 평소의 두 배 정도는 되도록 만들어."

두꺼비 남자는 주방 안으로 들어오더니 이것저것 지시했다. 남자는 닭갈비덮밥에 넣을 소스를 직접 만들었다. 물엿을 프라이팬에 쏟아붓는다 싶을 정도로 많이 넣었다.

"이렇게 하면 달아서 안 되는데."

누나가 남자 옆에서 이러지도 저러지도 못하고 있자, 남자는 화면에만 잘 나가면 된다고 했다. 남자는 망친, 아니 보기만 좋게 만든 요리를 식당 홀로 가져가라고 내게 지시했다.

테이블에 음식이 가득 놓였다. 출연자들은 앞에 놓인 음식을 먹지 않고, 연출자의 지시를 기다렸다.

"자, 컷할 때까지 허겁지겁 드세요. 그럼 들어갑니다."

출연자들은 누가 뺏어먹는 것도 아닌데, 며칠 굶은 사람들처럼 아주 재빠르게 쩝쩝 소리를 내며 음식을 먹었다. 저건 너무 달 텐데, 저건 너무 짤 텐데, 걱정이 되었지만 출연자들은 맛은 신경 쓰지 않았다. 플라스틱으로 만들어 아예 먹을 수 없는 음식을 갖다줘도 저렇게 잘 먹을 것 같다.

"컷!"

연출자의 컷 소리가 끝나기 무섭게 사람들이 젓가락과 숟가락을 식탁 위에 내려놓았다. 사람들은 물부터 찾았다. 아마 너무 달거나, 맵거나, 짰을 거다. 예쁘게 보이기 위해 원래의 레시피와는 전혀 다르게 조리를 했다.

"자, 이번에는 개별 인터뷰 들어갑니다. 아까 연습한 거 있죠? 그대로 해주시면 됩니다. 인터뷰 안 하시는 분들은 옆에서 맛있게 드셔야 합니다. 알겠죠?"

요리에 대한 최고의 칭찬이 이어졌다. 오늘 처음 온 20대 초반의 대학생 남자 출연자는 자기는 일주일에 다섯 번은 들른다고 했으며, 그 옆에 앉아 있는 여자 출연자는 이렇게 맛있는 닭갈비덮밥은 처음이라고 했고, 또 그 옆에 있는 남자는 양이 너무 많아 남자 혼자서 먹어도 남는다고 했다. 출연자들은 하나같이 과장된 몸짓과 표정으로 말했다. '최고!'라고 엄지손가락을 치켜드는 걸 몇 번이나 봤는지 모르겠다. 무조건 마지막 대사는 "아, 최고, 최고!"였다. 최고라는 말이 너무 가벼워 여기저기 둥둥 떠다녔다.

연출자는 대사가 마음에 들지 않으면 몇 번이고 다시 촬영을 했다. 맛집 프로그램을 찍는 건지, CF를 찍는 건지 헷갈릴 정도였다.

"다 이런 식으로 하는구나. 어쩐지. 방송에 나오는 집마다 다 맛있대. 내가 진짜 손님이면 저렇게까지 말 못 해줄 거 같아."

서진 누나가 촬영하는 걸 지켜보며 말했다. 옆에 있던 두꺼비 남자는 이래서 출연 섭외비가 비싼 거라며, 자기한테 남는 건 얼마 되지 않는다고 생색을 냈다.

촬영은 두 시간 가까이 진행되었다. 식당이 방송에 나오는 시간은 3분도 채 되지 않지만, 두꺼비 남자가 시키는 대로 다시 요리를 하고, 또 짜인 각본에 맞춰 주방에서 요리하는 모습을 찍고, 손님(을 가장한 출연자)을 찍다 보니 시간이 꽤 많이 걸렸다.

저녁 7시가 조금 안 되어 촬영이 다 끝났다. 두꺼비 남자는 방송국과 협의한 후, 방송 날짜가 나오면 다시 연락을 주겠다고 했다. 누나와 은아 이모는 두꺼비 남자와 연출자에게 몇 번이나 잘 부탁드린다는 말을 했다.

촬영팀이 모두 가고 난 후 식탁에 앉아 쉬고 있는데, 옆 건물에 새로 생긴 편의점 주인아저씨가 들어왔다.

"어서 오세요."

편의점 주인아저씨에게 물과 메뉴판을 가져다주었다. 한 달 전 편의점이 새로 생겼는데, 편의점 주인아저씨는 거의 매일 저녁을 우리 식당에 와서 먹는다. 이 근처에 다른 식당도 많은데, 닭을 특별히 좋아하나 보다.

"야, 이재규. 주방으로 좀 와봐."

누나가 주방에서 소리쳤다. 주방 싱크대 위에 도시락이 있다.

"뭐야 이게?"

"준모 갖다 줘. 걔 콩쿠르 나갈 연습하느라고 밥도 잘 못 챙겨 먹는다며."

며칠 전에 지나가다가 준모 이야기를 누나에게 했는데, 그걸 기억하고 있었나 보다.

"이거, 설마 촬영하고 남은 그 음식이야?"

"죽을래?"

농담으로 말한 건데 누나가 내게 화를 냈다. 도마 위에 올려 있는 감자로 얻어맞을까 봐, 얼른 도시락을 품에 안고 주방에서 나왔다.

"준모한테 갈 건데, 같이 안 갈래요?"

서진 누나에게 심심하니 같이 가자고 했다. 서진 누나도 식당에

서 딱히 할 일이 없는지 알겠다며 나를 따라 나섰다. 아마 준모한
테는 도시락보다 서진 누나가 더 반가울 것이다.

"아, 재연이 너무 부럽다."

서진 누나가 길을 걸으며 말했다.

"뭐가 부러워요? 골치 아프지."

"너희 식당 잘돼서, 나도 대학 확 때려치우고 행복식당 매니저
일 했으면 좋겠다."

"에이, 거짓말."

서진 누나는 자주 대학을 그만두고 싶다는 말을 했지만, 꽤 착실
히 학교에 다녔다. 동아리 활동이나 과 활동을 안 할 뿐이지, 수업
은 빠지지 않았고, 학점도 아주 좋다고 들었다.

"대학생이 되면 달라질까 했는데, 고등학생 때랑 달라진 게 전
혀 없어. 학교, 집, 학교, 집. 아니면 여기 식당. 대학생이 되어서까
지 성적에 신경 쓰며 살 줄 몰랐어."

서진 누나는 전과를 준비하고 있는데, 그러기 위해서는 학점이
좋아야 한다며, 중간고사, 기말고사뿐만 아니라 과제물에도 일일
이 신경을 썼다. 서진 누나가 대학생이 되어 고생하는 걸 보면, 어
쩌면 우리 누나처럼 대학에 안 가고 사는 것도 나쁘지 않다는 생
각이 든다. 서진 누나를 보면 대학생에 대한 환상이 다 깨진다. 시
험 걱정, 진로 걱정 등 대학생은 고등학교 수험생의 업그레이드
판 같다.

"대학 생활 너무 기대하지 마. 재미 별로 없어. 맞다, 넌 미대 갈 거지? 예체능은 좀 나을지도 모르겠다."

"미대에 갈지, 안 갈지 잘 몰라요."

"왜?"

난 어깨를 으쓱하고 올렸다 내리는 걸로 대답을 대신했다.

"고등학교를 졸업하면 하고 싶은 일이 한 가지 있긴 해요."

"그게 뭔데?"

"전 대학에 가든 안 가든 스무 살이 되면 당장 돈을 벌 거예요."

이건 내가 항상 생각하고 있는 것 중의 하나다.

"돈 벌어서 뭐하게?"

"우선 네덜란드 암스테르담에 갈 거예요."

"암스테르담은 왜?"

"암스테르담에 고흐 박물관이 있거든요. 거기 고흐의 작품이 아주 많대요. 가장 먼저 그곳에 가서 고흐에게 인사를 할 거고, 또 돈을 벌면 전 세계에 흩어져 있는 고흐의 작품을 하나씩 보러 다닐 거예요."

고흐의 그림 중 실제로 본 건 딱 한 점뿐이다. 작년에 한국에서 유명한 미술전이 열렸다. 고흐를 중심으로 대대적으로 홍보를 했는데, 막상 가보니 고흐의 작품은 딱 한 점만 왔다. 〈아를의 별이 빛나는 밤〉이 왔는데, 정말 많은 사람이 그 작품 앞에 모였다. 나는 한참을 〈아를의 별이 빛나는 밤〉 앞에 서 있었다. 도록에서 보았던 것과는 확연히 달랐다. 붓 터치라든가, 색감이 생생하게 느껴졌다. 이 앞에서 고흐가 그림을 그렸을 장면을 생각하니 뭉클하기까지 했다. 고흐의 그림은 암스테르담에 있는 고흐 박물관뿐 아니라, 전 세계 미술관에 흩어져 있다. 전 세계를 돌아다니며 고흐의 그림을 보는 게 내 꿈이다. 고흐의 그림을 보면 그냥 가슴이 뜨거워진다. 〈별이 빛나는 밤〉에도, 〈감자 먹는 사람들〉도, 〈밀밭을 나는 갈까마귀〉도 다 좋다. 하지만 역시 내가 제일 좋아하는 건 〈해바라기〉 시리즈다.

"멋진 꿈이다."

"우리 누나는 내가 이런 말을 하면 한량이래요."

누나는 내게 팔자 늘어진 소리라며 뭐라고 했다. 하지만 난 언젠간 이 꿈을 꼭 이루고 말 것이다. 그 후에 누나를 비웃어줄 거다. 이것 봐, 결국 내가 해냈잖아, 라고.

"누나는 하고 싶은 거 없어요? 갖고 싶은 거라든지, 가보고 싶은 곳이라든지 뭐 그런 거요."

"몰라, 나도. 난 시키는 것만 할 줄 아나 봐. 나도 내 더러운 모범생 기질이 정말 싫다, 싫어."

서진 누나는 막상 부모님이 대학을 그만두는 걸 허락하더라도, 쉽게 그만둘 자신은 없다고 말했다.

"숙제도 집에 오면 바로 해야 하고, 공부는 시험 때가 아니라도 해. 그게 당연한 줄 알았고, 그렇게 하지 않으면 불안해. 근데 너무 재미없어. 누가 내 가슴을 꽉 막고 있는 것처럼 답답해."

서진 누나가 한숨을 내쉬었다.

"부모님은 졸업하고 로스쿨에 가라는데, 별로 내 취향은 아니야."

"그럼 누나가 진짜 하고 싶은 게 뭔데요?"

"나도 그걸 잘 모르겠단 말이야."

서진 누나는 졸업이 가장 두렵다고 했다. 학교에 있으면 최소한 누가 시키는 대로 하면 되는데, 졸업을 하면 그걸 알려줄 사람이 없다.

"아주 엄격한 회사에 들어가요. 상사가 막 지시하는."

내 농담 섞인 말에 서진 누나가 웃었다.

"나한테는 모범생으로 사는 게 가장 편한데, 난 모범생으로 사는 게 제일 싫어. 진짜, 진짜 싫어."

서진 누나가 싫다는 말을 몇 번씩 했다. 서진 누나는 우리나라에서 최고 좋은 대학에 다니고 있고, 로스쿨을 가든 유학을 가든, 어쨌든 나중에 돈을 잘 벌고 잘 살 것 같다. 근데 왜 서진 누나를 보면 답답해지는지 모르겠다. 서진 누나에게는 미안하지만, 서진 누나가 별로 부럽지 않다.

"어딘가에 나랑 똑같이 생긴 전혀 모범생이 아닌 애가 살고 있으면 좋겠어. 그러면 왕자와 거지처럼, 내가 그 애한테 가서 잠깐만 바꿔 살자고 부탁하는 거지. 난 이 상상을 꽤 자주 해."

왕자와 거지라니, 내 삶은 왕자에 가까울까? 아니면 거지에 가까울까? 난 정반대의 삶을 살아보고 싶다는 생각을 해본 적이 없다. 내 삶이 별로 특별한 게 없기 때문이다. 특이한 게 있어야 정반대로 변환이 가능한데, 보통의 반대는 그냥 보통일 거다.

준모의 학원 앞에 도착해 녀석에게 전화를 걸었다. 준모가 저녁을 먹을까 봐, 미리 식당에서 출발하기 전에 간다는 메시지를 보내놓았다. 준모는 학원 사람들이 저녁을 먹으러 나갔다며, 학원으로 올라오라고 했다.

서진 누나와 함께 2층에 있는 무용학원으로 올라갔다. 준모가 문을 열며 우리를 반겼다. 검은색 타이즈를 입고 있을 줄 알았는데, 나시 티셔츠에 바지는 트레이닝복을 입고 있다.

"어쭈, 제법인데."

손가락으로 준모의 팔을 쿡쿡 누르며 말했다. 교복 입은 것만 봐서는 몰랐는데, 녀석 나름 팔의 근육이 있다. 준모는 서진 누나를 의식해서 팔에 힘을 더 꽉 주었다.

"자, 먹어."

준모에게 도시락을 건넸다. 준모는 나와 서진 누나를 데리고 휴게실로 샀나. 누기가 서진 누나와 내 몫까지 치킨볶음밥을 넉넉하게 싸주었다.

"아, 정말 배고팠는데, 진짜 너희 누나 최고다."

준모까지 누나에게 최고라는 말을 하다니, 아마 누나는 평생 들을 최고란 말을 오늘 하루 동안 다 들었을 거다.

"오늘 촬영은 잘 했어?"

"응. 장난 아니야. 완전 짜고 치는 고스톱이라고나 할까?"

난 촬영 과정을 준모에게 들려주었다. 요리 과정부터 출연자들까지 전부 다. 내 이야기를 들은 준모는 믿지 못했다. 자기는 이제까지 방송에 나온 맛집이 다 진짜인 줄 알았다고 했다.

"그럼 방송은 언제야?"

"이번 달 말이라고 하던데?"

"그래? 그럼 나 대회 나가는 날이랑 비슷하네."

준모는 은근슬쩍 콩쿠르 날짜를 이야기했다. 서진 누나를 초대하고 싶은 마음이 다 티가 났다. 서진 누나가 토요일이라 학교 수업이 없다며 오겠다고 하니, 준모가 신이 나서 밥을 먹었다.

저녁을 다 먹었을 때 즈음, 바깥에서 사람들 소리가 났다. 저녁을 먹은 수강생들이 올라오는 것 같다. 우리가 도시락을 치우고 있는데, 문을 열고 사람들이 들어왔다.

"선생님, 오셨어요."

준모가 학원 선생님에게 우리를 소개했다. 선생님은 40대 후반의 여자였는데, 목이 매우 길고 늘씬했다. 준모에게 학원 선생님의 이야기를 몇 번 들었다. 겉보기는 매우 기품 있는 발레리나지만, 화가 나면 고향인 전라도 사투리를 섞어 욕을 한다고 했다.

"준모야. 친구한테 콩쿠르 때 나가는 춤 좀 보여줘. 관객이랑 심사위원이라고 생각하고."

교실에서 준모가 춤추는 걸 하도 자주 봐 별로 내키지 않았는데, 서진 누나는 한 번 보고 싶다고 했다. 그러자 준모가 특별히 보여주겠다며, 옷을 갈아입으러 나갔다.

학원 강당으로 나가 준모를 기다렸다. 나와 서진 누나 외에도 학원의 다른 수강생들이 강당 뒤에 나란히 앉았다. 학원 수강생은 대부분 여자였다. 준모가 왜 무용학원에 다니는지 조금 이해가 갔다. 무용을 해서 그런지 다들 날씬하고 예뻤다.

잠시 후, 음악 소리가 들리며 준모가 강당 무대 쪽으로 걸어 나왔다. 음악에 맞춰 준모가 춤을 추기 시작했다. 준모의 몸은 자유자재로 움직였다. 몸을 웅크리기도 하다가 돌기도 했고, 점프를 하며 뛰기도 했다. 준모가 만들어내는 춤의 선은 매우 아름다웠다. 준모가 몸으로 무언가를 계속 말하고 있는 듯했다.

교실에서 조금씩 보던 것과는 확연히 달랐다. 그때는 준모가 조금 우습기까지 했는데, 지금 준모의 표정 역시 평소와는 다르다. 항상 실실 웃고 다녀, 저 녀석이 먹는 음식에만 웃음가스가 들어 있는 게 아닌가 의심이 될 정도였는데, 지금 준모는 조금도 웃지 않고 아주 신시하게 춤을 추고 있다. 준모가 몸을 돌리며 점프를 했다. 준모가 날고 있다.

준모는 한 마리의 나비였다.

3

두꺼비 남자가 말한 방송 날짜가 다가왔지만, 남자에게 아직 연락이 없다. 두꺼비 남자는 대략 10월 마지막 주에는 방송이 나갈 거라고 했다.

"우리 식당 방송 언제래?"

누나에게 물어보면, 어련히 알아서 나오지 않겠냐며, 식당 일에 신경 쓰지 말고 내 일이나 알아서 하라고 했다.

점심을 먹고 교실로 돌아왔는데, 준모는 소화가 되지 않는지 계속 심호흡을 했다.

"왜 그래? 소화 안 돼?"

"아니, 긴장돼서. 대회 얼마 안 남았잖아."

준모의 콩쿠르가 일주일 앞으로 다가왔다. 요즘 내 주위엔 들떠 있는 사람 천지다. 집에서는 방송을 기다리는 누나가, 학교에서는 콩쿠르를 앞둔 준모가 그렇다. 준모는 대회 때문에 요즘 잠도 잘 오지 않는다고 했다. 준모는 점심 급식도 반이나 남겼다.

"다음 주에 정말 잘해야 하는데. 내 인생이 걸린 대회란 말이야."

준모가 잔뜩 긴장한 얼굴을 하고 말했다.

"야, 벌써부터 그렇게 쫄면 어쩌냐? 대회 날엔 어쩌려고? 긴장 좀 풀어라."

"아, 그래야 하는데, 그게 안 돼. 죽겠네, 정말."

준모에게 지난번에 보여주었던 대로만 하면 수상할 수 있을 거라고 말했다. 칭찬에 약한 준모가 오늘은 내 말을 듣는 둥 마는 둥 했다. 준모는 다른 학생들보다 무용을 늦게 시작했고, 대회에도 처음 나가는 거였다. 만약 이번 대회에 나가 수상을 한다면, 대학 입시에 유리하다. 반대로 수상을 하지 못하면 준모의 미래가 불투명해진다. 수상 경력 없이 무용과에 지원을 하는 건 거의 불가능에 가깝다고 했다.

"조금 더 일찍 시작했으면 얼마나 좋아."

준모는 1년만 더 일찍 시작했어도 지금처럼 불안하지 않았을 거라고 했다.

"1년 더 늦게 시작 안 한 걸 다행이라 생각해, 인마."

내 말에 준모는 그런가? 하고 또 수긍을 했다.

"가자. 음료수 사줄게."

준모의 등을 두드리며 말했다. 긴장되거나 답답할 때, 탄산음료를 마시면 훨씬 나아진다.

매점에서 음료수를 사서 나오는 길에 수지, 현석 형과 마주쳤다. 현석 형이 수지 어깨에 팔을 두르고 있다. 둘이 같이 있는 건 처음 본다. 현석 형이 전국체전을 앞두고 수업에 거의 들어오지 않았기 때문이다.

"어어, 오랜만이다."

현석 형이 나와 준모에게 인사를 했고, 나와 준모도 형에게 아는 척을 했다.

"뭐야, 형. 수업은 안 오면서 여친만 챙기기야?"

준모의 말에 현석 형이 피식 웃었다. 수지와 눈이 마주쳤지만, 수지는 내 시선을 피했다.

"그럼 다음에 보자."

현석 형은 수지와 함께 매점으로 들어갔다.

"둘이 잘 어울린다. 그치?"

준모가 고개를 돌려 매점 안을 들여다보며 말했다.

"뭐 그렇네."

난 사이다 캔을 딴 후 마시기 시작했다.

"뭘 그렇게 빨리 마시냐?"

준모는 캔을 들고 홀짝거리며 마셨다. 난 목이 말라 한 모금에 사이다 한 캔을 다 마셨다. 잠시 후 꺼억, 하고 트림이 나왔다. 하지만 점심 먹은 게 잘못되었는지, 이상하게 계속 속이 답답했다.

자고 있는데 누나에게 전화가 와서 깼다. 학원 수업이 끝나고 집에 올라와 잠깐 눈을 붙인다는 게 저녁 9시까지 자버렸다. 옷도 갈아입지 않고 교복을 입은 채로 그냥 잤다.

옷만 갈아입고 저녁을 먹으러 1층 식당으로 내려왔다.

"재규야, 왔어? 얼른 앉아."

은아 이모의 목소리가 매우 밝았다. 식탁 위에는 이미 저녁이 다 차려져 있다.

"잤냐?"

"응."

누나가 눈곱은 떼라고 한마디 했다.

저녁 반찬은 제육볶음이다.

"은아 이모가 너 해주라고 사 온 거야."

누나가 알고 먹으라고 했다. 난 은아 이모에게 역시 이모밖에 없다고 말했다. 하지만 점심때부터 소화가 잘 되지 않아 많이 먹을 수 없었다.

"근데 저 꽃바구니는 뭐야?"

식탁 옆에 화려한 꽃바구니가 놓여 있다.

"이모를 짝사랑하는 남자가 가져온 거야."

누나의 말에 은아 이모는 아니라고 손을 내저었다.

"아니긴 뭐가 아니야?"

누나는 편의점 사장님이 오늘 저녁을 먹으러 오면서 꽃바구니를 가져왔다고 했다.

"그 사장님이 왜?"

"왜긴. 이모를 좋아하니까 그렇지. 그 사장님이 이모랑 만나보고 싶다고 고백까지 하더라."

"어쩐지. 그래서 편의점 사장님이 매일 식당에 온 거였구나. 뭔가 좀 이상하긴 했어. 누나가 만든 음식이 그렇게 맛있지는 않잖아."

누나가 젓가락으로 내 눈을 찌르려고 했고, 난 숟가락으로 날렵하게 젓가락을 막았다.

"재규야, 많이 먹어."

은아 이모가 주방에 들어가 접시에 고기를 더 담아왔다. 이모는 콧노래를 부르며 밥을 먹었다.

"이모, 그렇게 좋아?"

누나의 물음에 은아 이모는 그런 게 아니라고 하면서도 웃음을 참지 못했다.

"그냥, 꽃이 너무 예뻐서 그래. 꽃이 얼마나 예쁘니."

이모는 오랜만에 꽃을 받았다며 밥을 먹으면서도 계속 꽃을 바라봤다.

"난 꽃 좋은 거 하나도 모르겠더라. 비싸기만 하고 금방 시들기만 하잖아."

누나가 꽃을 보며 말했다. 나도 그렇게 생각한다. 오랜만에 나와 누나의 생각이 일치했다.

"나도 니들 나이 땐 꽃이 예쁜지 몰랐어. 그땐 내가 꽃이었으니까. 너희도 내 나이가 되면 꽃이 왜 예쁜지 알 거야."

이모가 알 듯 모를 듯한 말을 했다. 그나저나 이모는 편의점 남자와 잘 해보려는 걸까? 난 이모에게 넌지시 물어봤다.

"이모, 편의점 사장 아저씨 마음에 들어?"

"아냐, 그런 거."

이모는 앞으로 좋은 친구로 지낼 거라고 했지만, 옆에서 누나가 남녀 사이에 친구가 어디 있냐고 끼어들었다. 게다가 꽃을 주고받는 친구가 어디 있느냐며 말이다.

"그래, 이모. 편의점 사장 아저씨는 이모를 좋아하는데 어떻게 친구가 될 수 있어? 그건 말도 안 돼."

"그 아저씨는 이모랑 잘 해볼 생각인 거 같은데? 이모 혼자 친구로 지낸다고 그게 되겠어? 그냥 잘 해봐, 이모. 꽃집 아줌마 말 들어보니까 편의점 사장님 괜찮던데."

"왜? 어떤데?"

난 밥을 먹다 말고 누나에게 물었다.

"부인이랑 5년 전에 사별하고, 중학생 아들은 미국에서 유학 중이래. 편의점 건물도 그 아저씨 거고, 일산에 건물이 하나 더 있대."

누나가 편의점 사장에 대해 알려주었다. 편의점 사장 아저씨는 외모도 서글서글하고 괜찮았다. 누나와 내가 편의점 사장 이야기를 계속하니, 이모의 얼굴이 빨개졌다. 이모도 참, 이럴 때 보면 아직도 소녀 같다.

저녁을 먹은 후, 이모가 먼저 집에 가 식당에 누나와 단둘이 남았다. 누나는 힘들다며 설거지를 나에게 하라고 했다. 저녁 손님 설거지까지 그대로 있어 설거지 양이 꽤 많았다. 누나는 의자에 몸을 기대고 앉았다. 누나는 주방에 의자를 가져다 놓았다. 앉고 싶을 때마다 홀에 나가는 것도 번거롭고, 주방 안에 쉴 공간이 필요하다며 얼마 전에 의자를 하나 사왔다.

"누나, 그 편의점 사장 아저씨 어때? 좋은 사람 같아?"

"응. 내가 보기엔 괜찮은 것 같아."

누나는 몇 번 사장 아저씨와 이야기를 나누어본 적이 있다고 했다. 누나를 마주치면, "음식 맛있어요. 잘 먹었어요"라는 말을 꼭 하는데, 물론 은아 이모 때문에 잘 보이려는 것도 같지만, 원래 예의 바른 사람 같다고 했다.

"편의점 사장 아저씨랑 이모랑 잘 될까?"

"응. 난 그랬으면 좋겠어. 이모도 좋은 남자 만나서 행복하게 살아야지."

누나는 편의점 사장과 이모가 잘 어울릴 것 같다고 했다. 이모는 10년 전에 이혼을 했다. 난 어려서 이모의 전 남편이 잘 기억나지 않지만, 누나는 기억을 했다. 얼굴은 텔런트처럼 꽤 잘생겼는데, 술과 친구만 좋아하고 마땅히 하는 일이 없었다. 주로 이모가 일을 해서 생활을 했는데, 결혼한 지 3년이 채 되지 않아 전남편에게 다른 여자가 생겨 이혼을 했다. 그때, 엄마가 이모를 우리 집에 데리고 왔고, 이모가 우리 집에서 1년 정도 같이 살았다. 그 이후로 이모는 엄마와 같이 식당 일을 나갔고, 엄마가 식당을 열면서 우리 식당에서 같이 일했다.

"그럼 우리 원장님은 어떻게 되는 거지?"

잠깐 미술학원 원장님을 잊고 있었다.

"원장님이랑 이모가 무슨 상관이야? 둘이 아무 일도 없었는데."

"하지만 이모는 원장님을 좋아하잖아."

"됐어."

누나는 옛날 일이라고 못 박았다. 원장님도 괜찮은 사람이지만, 이모가 5년 동안 좋아한다고 티를 냈는데도 불구하고 반응이 없었다는 건 버려야 하는 카드라고 했다. 하긴 누나의 말이 틀리지 않다. 은아 이모는 꾸준히 원장님에게 호감을 보였지만, 원장님은 꼼짝도 하지 않았다. 나야 원장님과 은아 이모가 잘되길 바랐지만, 모든 건 원장님의 실책이다. 원장님의 귀차니즘과 우유부단함이 은아 이모를 놓치게 만들었다. 불쌍한 원장님 같으니. 원장님이 후회하더라도 이제는 소용없다.

닭볶음탕 냄비가 잘 닦이지 않았다. 바닥에 양념이 눌어붙어 쇠수세미로 박박 닦는데도 닦이지 않았다.

"멍청아, 그런다고 닦이냐? 이런 건 물에 불려두었다 내일 닦아야 해."

누나가 주먹으로 내 머리를 치며 말했다.

"왜 나한테 멍청이라고 해? 그렇게 부르지 말라고 했잖아!"

난 누나를 노려보며 말했다.

"멍청하니까 멍청이라고 하지. 네 행동을 봐봐."

누나가 내가 들고 있던 냄비를 빼앗아들더니 냄비에 뜨거운 물을 받아 싱크대 위에 올려놓았다.

"나 안 해. 똑똑한 누나 혼자 다 해!"

고무장갑을 벗어던지고 식당에서 나왔다. 뒤에서 누나가 "알았다, 이 멍청아!"라고 소리치는 게 들렸다.

식당에서 나와 편의점으로 갔다. 소화가 잘 되지 않았다. 사이다를 마시면 조금 나아질 것 같다.

편의점으로 들어가려고 하는데, 가게 안에 은아 이모가 있는 게 보였다. 은아 이모는 집에 가기 전에 편의점 사장 아저씨를 보러 왔나 보다. 은아 이모와 사장 아저씨는 서로를 쳐다보며 활짝 웃고 있다. 은아 이모는 매우 행복해 보였다.

문손잡이에서 손을 뗐다. 내가 들어가면 둘을 방해할 것 같다. 사이다는 그냥 마시지 말아야겠다.

집 쪽으로 걷고 있는데, 가슴이 답답했다. 주먹으로 가슴을 쾅쾅 쳤다.

점심시간에 만난 수지가 생각났다. 수지 옆에는 현석 형이 있었다. 둘이 같이 있는 걸 보자, 비로소 둘이 사귀는 게 실감이 났다. 수지는 내게 친구일 뿐이라고 생각했다. 하지만 그게 아니었나 보다. 가슴이 더 답답해졌다. 지금 불쌍한 건 원장님이 아니라, 바로 나다.

걸음을 멈춰 섰다. 아무래도 내가 수지를 좋아했던 것 같다.

4

수업이 끝나고 집에 왔는데, 1층 식당에 '임시 휴업'이라는 종이가 붙어 있었다. 무슨 일이 생긴 건가 싶어 급하게 식당으로 들어갔다. 식당에는 은아 이모와 편의점 사장 아저씨 둘만 있다.

"재규야, 어떡하니?"

은아 이모가 당장이라도 울 것 같은 얼굴을 하고 있다.

"왜? 왜 그래, 이모?"

주방 안으로 들어갔다. 누나가 없다. 누나에게 무슨 일이 생긴 걸까? 은아 이모에게 누나가 어디 있느냐고 물었다.

"그 실장 놈이 사라졌어."

"누구? 김 실장?"

이모는 김 실장이 아무래도 돈만 받고 도망간 것 같다고 말했다.

"재연이가 며칠 전부터 김 실장이랑 통화가 안 된다 하더라고. 없는 번호라고 나온다는 거야. 촬영했던 PD도 마찬가지고. 그래서 걱정하긴 했는데, 설마 이럴 줄이야."

은아 이모가 한숨을 내쉬었다. 내가 누나한테 방송이 언제 나오냐고 물어보면, 누나는 잘되고 있으니 신경 쓰지 말라고 했다. 어젯밤에 물었을 때도 그랬다.

"그럼 김 실장이 가짜였다는 거야?"

"그건 모르겠어."

누나는 식당운영커뮤니티에서 김 실장을 소개받았고, 김 실장은 동시에 여러 식당을 담당했다. 김 실장을 통해 실제 방송에 출연한 식당 주인도 누나는 직접 만났다. 식당 주인까지 누나를 속였을 리 없다. 게다가 촬영 날 외주제작 촬영팀과 보조출연자들을 데려왔고, 촬영도 꽤 오래 진행했다.

"마지막으로 김 실장이랑 연락한 게 언제야?"

"일주일 전에. 우리 같은 식당이 꽤 여럿 된대. 재연이가 지금 그 식당 주인들이랑 같이 방송국에 갔어. 확인해본다고."

도대체 이게 어떻게 된 일인지 모르겠다. 누나에게 전화를 걸었다. 수화음이 몇 번 간 후, 누나가 전화를 받았다. 누나는 내가 어디냐고 묻기도 전에, 지금 바쁘다며 이따 다시 전화하겠다는 말만 남기고 전화를 끊었다.

식당에서 한참 누나의 전화를 기다렸지만 누나에게 다시 연락이 오지 않았다.

"이모, 아무래도 오늘은 식당 못 할 것 같아. 그냥 집에 가."

"나도 여기서 재연이 기다릴래."

"아냐, 이모. 이모 몸 안 좋아 보여. 집에 가서 쉬어."

나는 편의점 사장 아저씨에게 이모를 집에 데려다달라고 부탁했다. 이모는 괜찮다고 했지만, 나와 사장 아저씨가 계속 쉬는 게 좋겠다고 권유하니, 마지못해 알았다고 했다.

이모가 가고 난 후, 혼자 식당에 남았다. 누나에게 다시 전화를 걸었지만, 이번에는 전화를 받지 않았다. 혹시나 해서 서진 누나에게 전화를 걸었다. 서진 누나에게 우리 누나와 같이 있는 게 아니냐고 물었더니, 서진 누나는 지금 학교라고 했다. 서진 누나에게 김 실장이 사라졌다고 했더니 "역시 그랬구나"라는 말을 했다. 서진 누나도 김 실장과 연락이 되지 않는다는 사실을 알고 있었나 보다. 그걸 모른 건 나뿐이다. 서진 누나에게 누나가 돌아오면 다시 연락을 준다 말하고 전화를 끊었다.

누나는 밤 12시가 다 되어서야 집으로 돌아왔다. 굳어 있는 누나의 얼굴을 보니, 일이 잘 해결된 것 같지 않았다. 누나를 따라 방으로 들어갔다.

"어떻게 된 거야? 김 실장, 가짜 브로커였어?"

누나가 대답을 하지 않았다.

"말 좀 해봐. 궁금해 죽겠다고. 도대체 어떻게 된 거야?"

내가 몇 번 되묻자, 그제야 누나가 말을 하기 시작했다.

"김 실장이 브로커로 일하긴 했대. 근데 김 실장이 방송국 일에서 손 뗀 지 몇 달 됐다는 거야. 김 실장이 돈 문제를 몇 번 일으켜서 방송국에 찍혔나 봐."

"그럼 우리 식당은 어떻게 되는 거야? 방송은?"

누나가 아무 대답을 하지 않았다. 누나가 제대로 말을 해주지 않으니 더 답답했다.

"방송 안 나오는 거냐고? 말 좀 해봐!"

"일 그만두기 전에 작정하고 식당 물은 것 같아. 전국적으로 100군데가 넘어. 방송 출연 시켜주겠다고 거짓말하고 돈만 받은 거야."

누나는 외주제작사도 가짜라고 했다. 김 실장이 작정하고 가짜 외주제작사를 만든 후, 촬영을 했다는 것이다. 식당이 100군데라면, 김 실장의 손에 들어간 돈만 하더라도 10억이 넘는다.

"방송국에서는 뭐래?"

"자기들은 상관없는 일이래."

"말도 안 돼. 어떻게 그럴 수 있어? 자기들이랑 일했던 사람인 건 맞잖아."

누나와 이야기하고 있는데, 누나의 핸드폰 벨이 울렸다. 누나는 전화를 받더니, "이모" 하고 말했다. 은아 이모인가 보다. 전화 통화를 하는 내용으로 봐서, 은아 이모가 지금 집으로 오겠다는 것 같았다. 누나는 괜찮다고, 내일 식당 문을 열 테니, 내일 만나서 이야기를 하자고 했다.

"그럼 지금까지 뭐하다 온 거야?"

"다른 식당 주인들과 만나서 경찰서에 신고하고 오는 길이야."

"경찰에서는 잡을 수 있대?"

"모르지."

누나가 입술을 잘근잘근 깨물며 대답했다.

"작정하고 도망갔는데 쉽게 잡히겠어?"

의뭉스런 두꺼비 남자의 얼굴이 떠올랐다. 자기가 시키는 대로 하면 식당 대박이니 어쩌니 떠들더니만, 결국 다 사기였다.

"잘 좀 알아보고 하지! 맨날 나한테 멍청하다고 하더니만, 누나가 더 멍청하잖아!"

"누가 이럴 줄 알았어?"

"그러기에 내가 하지 말자고 했잖아!"

끝까지 내가 반대했어야 했다. 하지만 누나가 너무 자신만만해 했고, 누나가 자꾸 하고 싶다고 하니 은아 이모도 누나를 믿고 해 보자고 했다.

"자그마치 1,000만 원이야, 1,000만 원! 그게 식당 몇 달 매출인 줄이나 알아? 어떻게 그 돈을 홀라당 사기당할 수 있어? 엄마는 한 푼이라도 더 벌겠다고 식당도 늦게까지 하고, 일요일에도 식당 열었어. 근데 누나는 뭐야? 엄마 보험금을 그 자식한테 사기나 당하고."

도저히 분이 풀리지 않았다.

"이럴 기면 왜 식당을 하겠다고 한 거야? 차라리 다른 사람한테 넘기는 편이 훨씬 나았잖아. 누나가 뭔데 엄마 식당을 우습게 만들어?"

"알아, 그만해. 나 지금 짜증나 죽겠다고."

"나도 짜증나. 이게 다 누구 때문인데? 왜 내 말을 안 들어? 내가 그런 거 별로라고 했잖아."

"나중에는 너도 하라고 했잖아."

"그건 누나가 끝까지 하고 싶다고 우기니까 그랬지. 은아 이모
도 굳이 해야 하냐고 했어. 이게 뭐야? 방송은 못 나가고, 돈은 돈
대로 날리고!"

내가 소리를 지르자, 누나가 씩씩거린 채 나를 노려봤다.

"그리고 어떻게 나한테만 말 안 할 수 있어? 김 실장이랑 연락
안 되는 거 말이야. 은아 이모도, 서진 누나도 다 알고 있었잖아.
근데 왜 나만 모르는 이야기냐고? 나는 식당이랑 관련 없는 사람
이야? 내가 남이냐고?"

누나는 아무 대꾸도 하지 않았다. 만약 오늘 식당 문을 닫지 않
았다면, 이번 일을 나에게 말도 안 하고 넘어갔을지 모른다.

"누나가 다 책임져!"

"그래, 책임질게."

"어떻게 책임질 건데?"

"어떻게든 책임지면 되잖아! 나가!"

누나가 꽥 소리를 지르더니, 내 등을 떠밀었다. 나도 화가 나, 나
를 미는 누나의 팔을 잡아 확 내팽개쳤다.

"하여튼 혼자 잘났지!"

누나에게 화를 내고 방문을 쾅 닫고 나왔다. 사기꾼 두꺼비 남자
도 원망스럽지만, 제멋대로인 누나도 그에 못지않게 원망스럽다.

0교시 내내 책상에 엎드려 있었다. 준모는 내 옆자리가 아닌, 자기 자리에 앉아 있다. 내가 준모에게 당분간 제자리에 앉으라고 말했다. 이번 주 토요일에 콩쿠르가 있는데, 괜히 나 때문에 준모 컨디션까지 망가뜨리면 안 된다.

두꺼비 남자를 찾지 못했다. 두꺼비 남자의 행방은 여전히 오리무중이다. 알고 보니 그는 사기 전과 3범이었다. 두꺼비 남자가 해외로 도주했다는 이야기도 있고, 만약 찾더라도 이미 돈을 다 썼을 확률이 높다고 했다. 누나와 은아 이모는 어쩔 수 없다는 반응이다. 은아 이모는 내게 누나가 가장 속상할 테니, 더 이상 두꺼비 남자에 대해 말하지 말라고 했다. 누나를 볼 때마다 울컥하고 화가 나지만, 은아 이모의 부탁으로 참고 또 참았다. 누나는 두꺼비 남자를 경찰에 신고한 날만 식당 문을 닫았고, 다음 날부터 식당을 다시 열었다.

0교시가 끝났음을 알리는 종소리와 함께 현석 형이 교실로 들어왔다. 형이 수업에 들어온 건 거의 한 달 만이다. 얼마 전 전국체전이 끝났고, 그동안 형은 수업에 오지 않았다.

"야, 먹어라."

형이 가방에서 초콜릿을 꺼내 책상 위에 풀었다. 초콜릿을 보자, 아이들이 벌떼처럼 모여들었다. 형은 교실에 올 때마다 초콜릿이나 과자를 잔뜩 가져온다. 모두 팬클럽 회원들이 보내준 거라는데, 형은 초콜릿과 과자를 별로 좋아하지 않는다. 난 별로 단 게 먹고 싶지 않아, 초콜릿에 손을 대지 않았다.

"형 팬클럽 애들은 이런 거 모르지? 그거 알면 이런 거 안 보낼 텐데 말이야."

준모가 초콜릿을 입에 넣으며 말했다. 현석 형이 주먹을 들어 "아휴, 이게"라고 말했지만, 준모는 피하지 않고 실실거리며 웃기만 했다. 현석 형이 말만 이렇게 하지 때리지 않을 거란 걸 알기 때문이다.

"근데 수지는 형 팬클럽 싫겠다. 자기 남친한테 이렇게 지극정성이니까."

앞자리에 앉은 수창이가 초콜릿을 먹으며 말했다.

"걔가 왜 내 여친이야? 나 수지랑 안 만나."

현석 형 말에 나는 귀가 번쩍했다. 아이들이 언제 헤어졌냐며, 왜 헤어졌냐고 물었지만, 현석 형은 팔짱을 낀 채 몸을 의자에 기대며 눈을 감았다.

내 자리 주변에 모였던 아이들은 초콜릿을 다 먹자, 자기 자리로 돌아갔다.

"수지랑은 왜 헤어진 거야?"

나는 무심한 척하며 현석 형에게 물었다.

"계집애가 너무 뻣뻣하더라고. 잘 줄 것같이 생겨서 한 번 만나 본 건데 말이야."

현석 형의 말이 듣기 거북했다. 괜히 물어봤나 보다.

"이재규, 너 개랑 친하다며? 넌 했냐? 응?"

현석 형이 내 어깨에 팔을 올렸고, 나는 형의 팔을 걷어냈다. 현석 형은 계속 내 귀에 대고 물었다.

"너, 수지랑 했어?"

"하지 마, 형."

"뭘 그만해? 왜? 넌 했구나, 그치? 그럼 그렇지. 쌍년, 혼자 도도한 척 굴더니만 내 그럴 줄 알았어."

픽.

나도 모르게 주먹으로 현석 형의 얼굴을 때렸다. 어, 이게 아닌데.

현석 형이 벌떡 일어섰고, 의자가 뒤로 밀리며 쓰러졌다.

현석 형이 내 교복 앞섶을 잡아 날 일으켜 세웠다.

"이 새끼가 미쳤나?"

현석 형이 나를 잡아 바닥으로 패대기쳤고, 난 바닥에 그대로 쓰러졌다. 형이 욕을 하며 발로 내 몸을 차기 시작했다. 주변 아이들이 다가와 현석 형의 팔을 잡아당기며 형을 말렸다.

아이들의 부축을 받으며 몸을 거의 일으켜 세웠을 즈음, 현석 형이 자기를 잡고 있는 아이의 팔을 뿌리친 후 내게 다시 다가와 주먹을 날렸다.

아악.

왼쪽 뺨을 정통으로 맞았다. 고개가 돌아가면서 귀에 꽂혀 있던 보청기가 빠졌다.

"이 새끼들, 지금 뭐하는 거야?"

담임이 들어와 호통을 쳤고, 아이들이 제자리로 돌아갔다. 서 있는 건 나와 현석 형뿐이다.

"이재규, 김현석, 교무실로 따라와!"

담임은 현석 형과 나를 교무실이 아닌, 상담실로 데려갔다. 담임이 왜 싸운 거냐고 물었지만, 현석 형도, 나도 대답하지 않았다.

"김현석, 너 이재규 왜 때렸어? 오랜만에 수업 들어왔으면 조용히 수업 듣고 가지, 왜 가만히 있는 애를 건드려?"

담임이 현석 형에게 물었다. 담임은 현석 형이 일방적으로 나를 때렸다고 생각하는 것 같았다. 그게 아닌데, 라고 말을 해야 하지만 그 말을 하기가 싫었다.

잠시 후, 상담실로 야구부 감독님과 코치가 들어왔다. 그들이 나와 현석 형에게 뭐라고 말을 했지만, 입모양만 보일 뿐 소리가 잘 들리지 않는다.

멍하다. 사실 보청기를 낀다고 해서 왼쪽 귀가 들리는 건 아니다. 하지만 보청기가 없다고 생각하니, 오른쪽 귀마저 들리지 않는 기분이다.

"김현석, 너 미쳤어? 작년에도 패싸움에 연루돼서 1년 유급 당했으면서 이번엔 교실에서 애를 때려? 도대체 2학년을 몇 번이나 다니려고 그래? 네가 실력 믿고 까부나 본데, 너 이런 식이면 우리도 더는 너 못 막아줘. 네가 이따위로 굴면 누가 널 스카우트하려고 하겠냐? 사람이 먼저 되라고, 새끼야."

야구부 감독과 코치가 길길이 날뛰며 화를 냈고, 담임은 내게 그만 교실로 돌아가 보라고 말했다.

"이재규, 보건실 갔다가 가. 알았어?"

"네."

담임에게 인사를 하고 상담실에서 나왔다.

교실로 돌아오니, 이미 1교시 수업이 한창 진행 중이었다. 수업 도중에 들어가는 것도 좀 그렇고, 담임이 말한 대로 보건실에 갔다.

보건실에서 약을 바르고 나니 1교시가 거의 끝날 때가 되었다.

교실로 들어와 자리에 앉았다. 준모가 날 봤는지 내 옆자리로 왔다. 준모가 내게 손을 내밀었다. 준모의 손바닥 위에 보청기가 있었다. 보청기를 귀에 끼었다. 다행히 고장이 나지는 않았다.

"야, 괜찮아? 근데 형이 널 왜 때린 거야?"

"몰라, 인마."

다 귀찮았다. 누나도, 식당도, 수지도, 현석 형도, 아무것도 생각하고 싶지 않다. 나는 책상 위에 엎드렸다. 잠시 후 준모가 일어서는 소리가 들렸지만, 난 고개를 들지 않았다.

마지막 7교시 수업을 하고 있는데, 갑자기 교실 앞문이 열렸다. 문 앞에는 처음 보는 아줌마가 서 있다.

"누구야? 이재규가 누구냐고?"

아이들의 시선이 나에게 쏟아졌고, 아줌마가 내 쪽을 향해 성큼성큼 걸어왔다. 국어 선생님이 아줌마를 막아 세웠지만 역부족이었다.

"네가 이재규야?"

"네. 그런데 왜 그러세요?"

내 말이 끝나기도 전에 아줌마가 내 뺨을 때렸다.

"네가 먼저 우리 아들 때렸다면서? 그런데 왜 입 다물고 있어? 우리 아들 인생 망치려고 환장했어? 응?"

아줌마가 빽빽 소리를 질렀다. 어느새 교실로 들어온 담임이 아줌마를 잡았다.

"어머니, 이러지 마세요. 지금 수업 중이에요. 그리고 얘가 무슨 잘못이 있다고요."

"잘못이 없긴 뭐가 없어요? 이 새끼 때문에 지금 우리 아들이 징계 받게 생겼다고요! 현석이 이번에 징계 받으면 어떻게 되는 줄 몰라서 그러세요? 선생님이 우리 아들 인생 책임지실 거예요?"

아줌마는 현석이 형네 엄마였다. 담임이 아줌마를 데리고 교실에서 나갔고, 아이들이 웅성거렸다.

"자, 다들 조용히 하고 수업하자."

교탁 앞에 서 있는 국어 선생님이 교탁을 두드리며 큰 소리로 말했다. 선생님이 수업을 시작하자, 다시 교실이 조용해졌다.

손으로 왼뺨을 만졌다. 뺨이 아직도 얼얼하다.

초등학교 4학년 때, 옆집에 민수라는 애가 살았다. 그 애는 툭하면 내 돈을 뺏고, 나를 때렸다. 나는 민수가 너무 무서워서, 당하는 내가 바보 같아서, 누구에게도 민수의 이야기를 하지 못했다. 그런데 엄마가 그 사실을 알게 되었다. 엄마는 나를 데리고 민수를 찾아가서는 다시는 나를 괴롭히지 말라고 했다. 돌아오는 길에 엄마는 아무 말도 하지 않고 내 손을 꽉 잡았다. 그때 엄마의 손은 아주 따뜻했고, 세상 전부가 내 편인 것 같았다.

현석 형은 엄마가 있구나. 현석 형에게는 대신 소리를 지르고 화를 내줄, 엄마가 있다.

갑자기 울음이 목까지 올라왔다. 조용한 교실이 꼭 어둠이 가득한 집 같았다. 계속 여기에 있다가는 참지 못하고 소리를 지를 것 같았다.

난 벌떡 일어나 교실 문을 열고 바깥으로 뛰쳐나왔다.

5

공연장 앞에서 서진 누나를 만났다. 서진 누나는 내일이 토익 시험이라 학교 도서관에서 오는 길이라고 했다.

입구에서 팸플릿을 받았다. 준모는 15명 중 일곱 번째 순서다. 종일 대회가 진행되는데, 우린 준모가 참가하는 남자 솔로 부문 시작 시간에 맞춰 왔다.

"준모 도착했대?"

"아뇨, 전화 안 해봤어요."

출발 전에 준모에게 전화를 할까 했지만, 대회 앞두고 정신이 없을 것 같아 일부러 하지 않았다. 이따 대회 끝나고 대기실로 찾아갈 생각이다.

공연장 안에 자판기가 있다. 서진 누나가 음료수를 뽑아 내게 건넸다.

"근데 너, 얼굴이 왜 그래?"

서진 누나의 질문을 그냥 웃고 넘겼다. 일주일이 넘게 지났는데도 현석 형에게 맞아 생긴 멍이 아직 그대로다.

"너도 친구들이랑 싸우니?"

"뭐 좀."

"요즘도 재연이랑 말 안 하고 지내?"

"뭐 그냥."

두꺼비 남자의 일 이후로 누나와는 거의 말을 하지 않고 지내고 있다. 멍이 든 내 얼굴을 보고 누나가 왜 그러냐고 물었지만, 나는 아무 대꾸도 하지 않았다. 최대한 누나와 마주치지 않으려고 노력 중이다. 저녁도 식당에 내려가서 먹지 않고 혼자 집에서 먹고, 누나가 식당 일을 끝내고 들어올 때쯤엔 방에서 나가지 않는다. 누나만 보면 괜히 화가 나서 나는 되도록 누나를 피했다. 누나 얼굴을 보는 것조차 싫다. 한심하게 사기를 당한 것도 화가 나지만, 그보다 더 화가 나는 건 아무렇지 않아하는 누나의 태도다.

"방송 출연 제안을 먼저 한 사람이 우리 누나라서 다행이에요. 만약 제가 제안해서 이런 일이 생겼으면, 아마 전 집에서 쫓겨났을걸요? 안 봐도 뻔해요."

나는 고개를 절레절레 저으며 말했다.

대회가 곧 시작된다는 안내방송이 나와 공연장으로 들어갔다. 객석은 반 정도 찼다. 대부분 참가자의 가족들인 것 같았다.

관객석에 불이 꺼지면서 첫 번째 무대가 시작되었다. 첫 번째 참가자는 다리가 엉키면서 넘어질 뻔했지만, 이내 중심을 잡고 계속 다음 동작을 이어나갔다.

참가자당 공연 시간은 5분 내외였다. 대회는 쉬는 시간 없이 연달아 진행되었다. 준모의 순서가 가까워질수록 내가 다 떨렸다. 아마 준모 녀석도 엄청 떨고 있을 거다. 어젯밤에 메시지를 보냈더니, 준모는 태어나서 이렇게 긴장해본 적이 처음이라고 했다.

여섯 번째 순서가 끝났다. 이제 준모 차례다. 그런데 사회자가 무대 위로 나와 일곱 번째 참가 학생에게 사정이 생겼다며, 준모를 건너뛰고 여덟 번째 참가자가 나올 거라는 말을 했다. 서진 누나와 나는 어리둥절한 채로 서로를 쳐다봤다.

옆 사람에게 양해를 구하고, 여덟 번째 무대가 진행되는 도중 공연장을 빠져나왔다. 안내하는 곳으로 가서 일곱 번째 참가자가 왜 나오지 않는 건지 물었다.

"한라고등학교 박준모 학생은 오늘 참가하지 못한다고 연락이 왔어요."

"왜요?"

"그건 저희도 모르죠."

안내를 해주는 여자는 자세한 사정은 알 수 없다고 했다.

"준모에게 전화 걸어봐."

"네."

수화음이 여러 번 갔지만 준모는 전화를 받지 않았다. 도대체 녀석에게 무슨 일이 생긴 걸까?

"혹시 학원 전화번호는 알아?"

"아뇨."

준모에게 메시지를 남겼다.

"이제 우리 어쩌지?"

서진 누나와 나는 빈 로비에 가만히 서 있었다. 준모가 없는 상황에서 대회를 계속 보는 건 의미가 없었다.

"밥이나 먹으러 갈까?"

원래 대회가 끝나고 준모와 셋이 저녁을 먹을 계획이었지만, 아직 저녁 먹을 시간이 한참 남았다.

"누나, 저녁은 다음에 사주세요."

"왜?"

"시간도 그렇고, 누나 내일 영어시험이라면서요."

서진 누나는 바쁜 것 같았다. 서진 누나는 그럼 다음에 준모랑 셋이 같이 보자고 했다.

서진 누나와 헤어지고 집에 가는데, 준모에게 전화가 왔다.

"야, 너 어디야? 어떻게 된 거야? 대회 왜 안 나왔어?"

"지금 어디냐?"

"공연장에서 집에 가고 있다, 인마. 그러는 넌 지금 어디야?"

준모는 병원에 있다고 했다.

"병원엔 왜?"

"그냥 좀 그렇게 됐어. 서진 누나는 옆에 있어?"

"아니, 헤어졌어."

"그럼 지금 병원으로 와."

준모에게 왜 병원에 입원했는지 물었지만, 만나면 이야기해주 겠다며 전화를 끊었다.

준모가 입원한 병원으로 갔다. 준모는 외과병동에 입원해 있었다.

"뭐야, 이게?"

준모는 오른팔과 왼쪽 다리에 각각 붕대를 감고 있다.

"교통사고라도 난 거야? 어쩌다가?"

준모는 대답 대신 어이없다는 듯 웃기만 했다. 잠시 후, 병실 안 으로 준모네 어머니가 들어오셨다.

"재규 왔니? 오랜만이다."

아줌마가 자리에 앉으라며, 내게 음료수를 꺼내주셨다.

"대회장 갔었다며? 다른 애들 잘하디?"

"그냥 그랬어요."

아줌마는 준모가 대회에 나가지 못한 걸 매우 아쉬워하셨다.

"엄마, 그만 들어가. 아버지랑 준수 저녁 차려줘야지."

"내가 지금 그 인간 밥 차리게 생겼냐? 아주 꼴도 보기 싫다, 싫어."

아줌마가 씩씩대며 말했다.

"엄마, 나 재규랑 둘이 할 이야기 있어. 그러니까 내일 아침에 와."

"너 밤에 화장실은 어쩌려고?"

아줌마가 이따가 저녁에 다시 오겠다며 병실을 나갔다.

"야, 설마. 이거 너네 아버지가 그런 거야?"

준모가 한숨을 내쉬며 고개를 끄덕였다.

"어쩌다가?"

"생전 내 방에 안 들어오던 아버지가 마침 오늘 아침에 내 방에 들어온 거야. 거기에 무용복이랑 팸플릿이 있었거든. 그걸 보고 아버지가 이게 뭐냐고 물었어. 엄마가 따라 들어와서 아무것도 아니라고 숨겼고."

"근데?"

"갑자기 승부수를 던져야겠다는 생각이 들었어."

"승부수?"

준모가 내가 들고 있던 병 음료를 빼앗아 한 모금 마셨다. 준모에게 얼른 말해보라고 재촉했다.

"방에서부터 춤을 추기 시작하면서 거실로 나갔어. 그러니까 아버지가 따라 나오시더라. 대회 리허설이라고 생각하며 계속 춤을 추는데, 아버지가 주방으로 가더니 식탁 의자를 들어 내게 던졌어."

"동시에 팔이랑 다리가 다쳤다는 거야?"

"아니. 먼저 팔을 맞았어. 하지만 난 멈추지 않았어. 끝까지 춰야 한다고 생각했거든. 그러니까 아버지가 더 화를 내면서 의자 한 개를 들고 와서 던졌는데, 그게 왼쪽 다리에 정확하게 맞았어."

매우 심각한 이야긴데, 그 장면을 상상하니 조금 웃겼다. 만화 〈톰과 제리〉가 떠올랐다.

"난 〈빌리 엘리어트〉를 상상했어."

"그게 뭔데?"

"영화야. 춤을 추는 소년의 이야기."

준모는 〈빌리 엘리어트〉의 줄거리를 간략하게 설명해주었다. 빌리 엘리어트란 어린 소년이 있는데, 그 아이는 춤에 천부적인 재능이 있다. 빌리는 아버지 몰래 무용을 배우기 시작하고, 어느 날 아버지는 빌리가 무용을 배운다는 걸 알게 된다. 아버지는 당장 그만두라 하려고 했지만, 아들이 춤추는 것을 보고는 아들이 무용하는 걸 허락한다. 게다가 빌리의 아버지는 광부로 파업을 하고 있는데, 아들이 춤추는 걸 보고는 동료들의 질타를 무릅쓰고

파업을 포기하고 일터로 나간다. 아들을 위해.

"내가 춤추는 걸 보면 아버지가 허락해줄지 알았어. 하지만 현실은 다르더라."

준모를 어리다고 해야 할지, 순진하다고 해야 할지 모르겠다.

"그걸 이렇게 되고 나서야 알았냐? 영화와 현실은 다르다고. 영화에는 김태희 같은 누나가 있지만, 현실은 우리 누나야."

내 비유가 아주 정확했는지, 준모가 아, 하고 금방 이해를 했다.

"근데 이거 아무한테도 말하지 마. 특히 서진 누나한테! 너무 창피해서 학원 선생님한테 사실대로 말 못 했어. 그럼 우리 아버지가 뭐가 되겠냐? 그냥 계단에서 발을 헛디뎌 굴렀다고 했어."

준모는 학교에도 그렇게 말할 예정이라고 했다.

"이거 얼마나 하고 있어야 하냐?"

난 준모 다리의 깁스를 만지며 물었다.

"3주 정도 하고 있어야 한대."

준모는 병원에는 3일만 입원하고, 바로 퇴원할 수 있다고 했다.

"근데 이제 어떡하냐? 앞으로 춤 못 추는 거 아냐?"

"아니. 난 차라리 잘됐다고 생각해. 아들을 이 지경으로 만들어놨으니까, 더 이상 반대는 못 하겠지."

준모가 속 편한 소리를 했다. 난 그런 생각 역시 드라마나 영화 속에서나 먹히는 일이라고 알려주었다.

"그렇네. 그럼 어쩌냐?"

"나야 모르지."

준모가 바나나를 좀 까달라고 했다. 난 바나나를 까서 준모 손에 들려주었다. 준모는 바나나를 맛있게도 잘 먹었다. 지난 한 달 동안 준모는 대회에 나간다고 준비도 많이 하고, 기대도 많이 했다. 준모에게 처음으로 찾아온 기회였다. 깁스를 하고 누워 있는 준모를 보니 마음이 편치 않았다.

"야, 애들 잘하디?"

"아니. 다 별로였어. 네가 출전했으면 걔들 다 기죽었을 거야."

"그렇지? 난 무림의 고수처럼 조금 더 숨어 있다가 다음에 짠하고 나타나야겠다."

준모가 흐흐, 하고 웃으며 말했다. 기대가 컸던 만큼 실망도 클 테지만, 준모는 이 비관적인 상황을 잘 받아들이려고 노력했다. 대회 전에는 이 대회가 마지막인 것처럼 굴더니만, 지금은 내년 상반기에 또 다른 대회가 열린다며, 그때 반드시 우승을 할 거라고 했다.

준모와 병실에서 떠들고 있는데, 저녁 식사 시간이라며 병원 밥이 나왔다. 눌이 나눠 먹으려고 했는데, 옆 침대에 누워 있는 아저씨가 병원 밥이 지겹다며, 자기는 부인과 함께 식당에 내려가 먹겠다고 우리에게 밥을 주고 가셨다.

"야, 반찬 좀 올려줘."

준모가 장조림을 숟가락으로 가리켰다. 준모는 오른팔을 다쳤다. 왼팔로 숟가락질은 할 수 있지만, 젓가락질은 무리다. 장조림을 들어 준모 밥 위에 올려주었다. 난 내 밥 한 입 먹고, 준모 반찬 올려주고를 반복했다.

"내가 간병인도 아니고 이게 뭐냐?"

"그러게. 다음에 네가 입원하게 되면 내가 간병해줄게."

"됐거든. 그땐 내 여친이 해줄 거다."

"여친도 없으면서."

"나중엔 생기겠지."

준모와 나는 미래에 생길 여자 친구를 자주 상상했다.

"나중에 너 무용과 가면, 나 예쁜 여자들 많이 소개시켜줘."

"당연하지. 너도 미대에 예쁜 애들 있으면 나 해줘."

준모와 소개팅 이야기를 하고 있으니, 우정이 마구 샘솟는 기분이었다.

저녁을 먹고 텔레비전을 보다 보니, 어느새 저녁 8시가 훌쩍 넘었다. 준모는 곧 엄마가 온다며, 나에게 그만 가보라고 했다.

"잘 쉬어라."

준모의 어깨를 툭툭 친 후 자리에서 일어났다.

엄마 사고가 났을 때, 준모가 3일 내내 장례식장에 같이 있어주었다. 장례식이 끝나고 학교에서 만났을 때, 키가 작은 준모는 손을 높이 어깨까지 들어 올린 후 내 어깨를 툭툭 쳐주었다. 그때, 왜 그런지 모르겠지만 기운이 났다.

"그래도 그때 너희 학원 갔을 때 네 춤 봐서 정말 다행이야. 너, 그때 진짜 멋있었어."

준모는 그 정도쯤이야 별거 아니라는 듯, 거만한 표정을 일부러 과장되게 지어 보였다.

"그럼 간다."

준모에게 손을 흔들어 인사를 하고 병실에서 나왔다.

6

일요일 아침, 일어나 보니 집에 누나가 없었다. 누나는 휴일인 일요일에는 대부분 식당에서 새로운 메뉴를 만들거나, 아니면 집에서 쉬었다.

편의점에 다녀오면서 식당 안을 들여다봤는데, 식당은 잠겨 있다. 오늘은 누나가 친구와 약속이라도 있나 보다.

아침 겸 점심을 먹기 위해 주방으로 갔다. 밥통에 밥이 없다. 밥을 하기노 귀찮고, 첫 끼부터 라면을 먹는 것도 좀 그랬다. 준모에게 메시지를 보냈다.

— 어디냐?

— 어디긴. 당근 집이지.

준모는 지난 주 화요일 퇴원했다. 학교 앞까지 엄마가 데려다주고, 학교에서는 목발을 짚고 다닌다. 팔 부상은 심하지 않아 팔의 붕대는 풀었다. 다행히 뼈 붙는 속도가 빨라 다리 깁스도 2주 정도만 하면 된다고 했다.

— 점심이나 먹자. 너희 집 앞으로 갈게.

준모에게 메시지를 보냈더니, 곧바로 알았다고 답이 왔다.

준모네 집 앞에 도착해 나오라고 메시지를 보냈다. 잠시 후, 준모가 목발을 짚고 아파트 현관에서 나왔다. 운동신경이 좋아서인지 준모는 목발을 짚고도 잘 걸어 다녔다. 그래도 멀리까지 갈 수 없어, 아파트 상가 내에 있는 분식집에 갔다.

주문한 김밥과 오므라이스, 떡볶이가 나왔다. 난 허겁지겁 음식을 먹기 시작했다. 아침을 안 먹어서 배가 많이 고팠다. 준모는 아침을 먹었다며 많이 먹지 않았다.

"나, 어쩌면 무용하는 거 아버지한테 허락받을 수 있을 것 같아."

"어떻게? 너 다친 것 때문에?"

준모가 그건 아니라고 고개를 저었다.

"그러면?"

"엄마 덕분에. 울 아버지 한 번도 엄마를 때린 적은 없지만, 나나 내 동생한테는 손찌검을 좀 했거든. 자주는 아니지만, 어렸을 적부터 우리가 말 안 들으면 잘 때렸어. 그때마다 엄마가 제발 자식 좀 때리지 말라고 하면, 아버지는 자기 자식이기도 하니까 알아서 한다고 했어."

"근데?"

"이번 일로 엄마가 완전 열 받았지 뭐. 이번 일은 좀 심했잖니? 엄마가 더 이상 폭력적인 남편이랑 못 살겠다며 이혼하자고 서류를 가지고 왔어."

"정말?"

"내가 무용하는 걸 허락하지 않으면, 아버지랑 이혼하겠다고 선언했어. 우리 엄마가 이혼 전문 변호사까지 만나고 온 거 있지? 재산분할청구권과 양육권 관련 사항까지 다 알아가지고 와서 아버지한테 조목조목 설명하더라고."

준모는 그런 엄마의 모습을 처음 봤다며, 자기도 많이 놀랐다고 했다.

"만약 그러다가 너희 아버지가 진짜 이혼한다고 하면?"

"우리 아버지 사식 없이는 살아도 부인 없으면 못 살 사람이야. 하나부터 열까지 다 엄마가 해주거든. 혼자 라면도 못 끓여. 그리고 얼마 전에 아버지 친한 친구 분이 이혼을 당하셨거든. 그걸 보니까 안 되겠다 싶었나 봐. 아버지가 절대 이혼은 못 해주니까, 우리 하고 싶은 대로 하래. 나도 아버지가 이렇게 나올 줄은 몰랐어."

준모는 신이 나서 부모님 이혼 이야기를 했다. 부모님이 이혼하면 아버지로부터 벗어나서 무용을 계속할 수 있고, 또 이혼을 하지 않으면 엄마 때문에 아버지가 어쩔 수 없이 허락을 할 테니 자기로서는 둘 다 좋다고 했다. 어떻게 보면 준모가 철이 없는 것 같고, 또 어찌 보면 현명한 것 같기도 하다.

"그래도 우리 아버지, 가끔 보면 딱해."

"왜?"

"밤에 혼자 드라마나 영화 보면서 몰래 울거든. 우리 앞에서는 강한 척하느라고 절대 안 우는데, 실은 좀 감상적인 사람이야. 육사도 원래는 가기 싫었는데, 할아버지 때문에 억지로 갔대. 우리 할아버지가 육사 나오셨거든."

"그럼 너희 아버지가 너보고 육사 가라고 안 해?"

"다행히 어렸을 때부터 나나 동생한테 군인 되라는 소리는 한번도 안 했어. 아버지 자신도 군인을 싫어하거든. 그래도 평생 군인으로 살아서, 아들내미가 무용하는 건 못 보는 것 같아."

준모는 아버지가 밉지만, 또 한편으로는 이해가 된다고 했다. 가족이란 건 그런 걸까? 어찌 됐든 이해할 수밖에 없는 존재? 가족은 친근하면서도 또 한편으로는 어렵기만 하다.

준모와 점심을 먹은 후, PC방에 가서 두 시간 정도 게임을 했다. 준모는 깁스한 다리도 불편하고 담배 연기가 너무 심하다며 PC방에서 나가자고 했다.

"야, 배고프지 않냐? 햄버거나 먹을까?"

"좋지."

아직 저녁때가 되려면 멀었지만 배가 고팠다. 근처 햄버거 가게에 들어가 햄버거 세트를 두 개 시켰다.

"참, 서진 누나한테 연락 왔었어. 몸 괜찮냐고."

"연락이 왔어? 아니면 네가 먼저 했어?"

"먼저 왔다니깐. 누나 요즘 과제 때문에 바쁘다고, 과제 끝나면 밥 사준대."

준모는 서진 누나도 자기한테 관심이 있는 것 같다고 말했다.

"나, 확 누나한테 사귀자고 할까?"

"말이 되는 소리를 해."

"말이 안 될 건 뭐가 있냐?"

"그럼 그러든지."

"아냐. 까일 것 같아."

준모가 고개를 절레절레 저으며 말했다.

"그럼 하지 마."

"근데 또 누가 아냐?"

"그럼 사귀자고 하든지."

준모는 똑같은 말을 계속 반복했다. 준모의 말이 듣기 싫어 감자튀김을 여러 개 집어 준모 입에 쑤셔 넣었다. 하지만 준모는 감자튀김을 씹으며 또 고백할지 말지를 이야기했다.

준모와 헤어진 후 집으로 돌아왔다. 집에는 아무도 없었다.

라면을 끓여먹고 게임을 좀 하다가, 소파에 누워 텔레비전을 봤다. 누나는 왜 아직도 안 오는 거지? 곧 밤 10시다.

누나는 오늘 하루 종일 어딜 간 걸까? 누나 일에 신경 쓰지 말아야지 했지만, 자꾸 신경이 쓰였다. 서진 누나도 중요한 과제가 있다며 주말에 바쁘다고 했다. 서진 누나랑 같이 있지 않으면 도대체 누구랑 같이 있는 건지 모르겠다.

집 전화벨 소리에 깼다. 텔레비전을 보다가 깜박 잠이 들었나 보다. 이 밤에 누구지? 집 전화로 전화를 걸 사람은 많지 않다. 그래서 평소에는 집 전화가 와도 일부러 받지 않는다. 이번에도 받지 않으려고 했지만 전화벨이 계속 울렸다. 하는 수 없이 전화기 쪽으로 가서 전화를 받았다.

"여보세요."

"저기, 이재연 씨 댁이죠?"

"네. 그런데요."

"여기 여의도 경찰서인데요."

경찰서? 혹시 두꺼비 남자를 잡은 건가? 무슨 일이냐고 경찰에게 물었다. 그런데 경찰은 뜻밖의 소리를 했다. 누나가 경찰서에 붙잡혀 있다는 것이다. 경찰은 자세한 이야기는 해주지 않고 보호자가 와야 한다는 말만 하고 전화를 끊었다.

서둘러 옷을 갈아입고 1층으로 내려갔다. 택시를 잡으려고 하는데, 집 앞에 택시가 잘 다니지 않았다. 버스 정류장까지 걸어 나오니 빈 택시가 보였다. 택시를 급하게 잡아타고 여의도 경찰서로 가달라고 했다.

경찰서 안으로 뛰어 들어갔다. 지나가던 경찰 아저씨가 무슨 일 때문에 왔느냐고 물었다.

"저희 누나가 여기 있다고 해서요."

경찰 아저씨는 누나의 이름과 나이를 물었다. "이재연, 스물한 살이요"라고 대답하니, 경찰 아저씨가 경찰서 안을 이리저리 둘러본 후 안쪽으로 쭉 걸어 들어가라고 했다. 저 멀리 누나가 앉아 있는 게 보였다.

누나가 앉아 있는 쪽으로 걸어갔다. 누나는 고개를 숙이고 있어 내가 온 걸 알아차리지 못했다. 누나의 어깨를 툭 쳤다. 그제야 누나가 고개를 들어 나를 쳐다봤다. 누나의 눈동자에 초점이 없었다. 난 경찰에게 다가가 무슨 일이냐고 물었다.

"이 아가씨가 사람을 폭행했어요. 폭행당한 사람은 지금 응급실에 있고요."

"폭행이요?"

난 깜짝 놀라 경찰과 누나를 번갈아 바라봤다.

"누나, 어떻게 된 거야? 폭행이라니? 누굴 때린 거야?"

누나에게 물었지만, 누나는 입을 꾹 다물고 있다.

"학생, 곧 폭행당한 쪽 보호자가 올 거니까 학생도 보호자 불러요."

경찰은 보호자가 와야 합의를 볼 수 있다고 했다.

은아 이모에게 전화를 걸었지만 핸드폰이 꺼져 있다. 오늘 식당 휴일이라 편의점 사장 아저씨와 강원도에 놀러간다고 했다. 편의점 사장 아저씨 번호는 저장되어 있지 않아 아예 모른다.

이모에게 메시지를 보내고 있는데, 피해자 가족이 왔다. 40대 초반의 아저씨다. 이 아저씨의 딸을 때린 걸까? 난 몸을 90도로 숙여 아저씨에게 인사를 했다. 하지만 아저씨는 내 인사를 무시했다. 아저씨의 표정이 매우 좋지 않다.

은아 이모 집으로 전화를 걸었지만, 아직 집에 도착하지 않았는지 전화를 받지 않았다. 겁이 난다. 도대체 누나가 무슨 일을 저지른 건지 모르겠다. 은아 이모 말고는 떠오르는 다른 어른이 없었다. 외삼촌은 청주에 있어 너무 멀었다.

핸드폰을 손에 든 채, 청주 외삼촌에게 연락을 해야 할지 말아야 할지 고민하고 있는데, 경찰이 화를 냈다.

"학생, 부모님 연락 안 돼요? 보호자가 와야 한다니까."

누나를 바라봤다. 누나는 기운을 빼내는 기계 안에 들어가 기운을 쏙 뺀 후 나온 사람 같았다. 만약에 경찰서에 앉아 있는 게 누나가 아니라 나였다면 어땠을까? 누나는 경찰에게 무슨 일이냐고 하나하나 따져 묻고, 상황을 수습했을 거다.

여기엔, 세상엔, 누나와 나 둘뿐이다. 내가 정신을 차려야 했다.

"저기, 제가 보호잔데요."

난 침을 꿀꺽 삼키며 경찰에게 말했다.

"학생, 장난하지 말고 어른 부르라고. 얼른. 우리 바빠요. 이런 일로 시간 허비할 수 없다고. 피해자 남편 분을 계속 기다리게 할 수는 없잖아."

경찰이 나를 타이르듯 말했다. 정말 어떻게 해야 할지 모르겠다. 아무도, 아무도 부를 사람이 없었다.

"진짜 제가 보호자예요. 부모님 두 분 다 돌아가셔서 안 계세요. 그러니까, 제가 우리 누나 보호자라고요!"

난 경찰에게 소리쳤다.

"아, 학생 왜 이래요?"

경찰은 당황하여 나에게 자리에 앉으라고 했다. 경찰은 절차상 다른 성인의 서명이 필요하다며, 누구라도 좋으니 내게 아는 어른이 없느냐고 물었다.

딱 한 사람, 떠오르는 사람이 있었다.

학원 원장님이 경찰서에 도착했다. 원장님과 피해자의 남편인 아저씨, 경찰은 한참 동안 이야기를 나누었다.

누나가 폭행한 사람은 우리 식당이 나가기로 되어 있던 방송 프로그램의 PD다. 어떻게 알아냈는지, 누나는 PD집 앞에 찾아갔다.

누나는 PD에게 두꺼비 남자 일을 책임지라고 했고, PD는 자신과는 상관 없는 일이라고 했고, 그 과정에서 시비가 붙었던 것 같다.

"이 아가씨가 몇 번이나 집으로 찾아왔다고요. 저희 집사람이 얼마나 무서웠겠어요? 집사람도 김 실장 때문에 방송국에서 징계받고, 이래저래 피해가 많다고요."

나와 원장님은 아저씨에게 고개를 숙여 계속 죄송하다고 사과했다. 모든 치료비를 다 보상해드리겠다고 했다.

"치료비가 문제가 아니라고요! 집사람이 이 아가씨를 얼마나 무서워했는 줄 아세요?"

"다시는 집 앞으로 찾아가는 일 없도록 하겠습니다. 제가 약속드릴게요. 믿어주세요. 제발 합의 좀 해주세요."

합의를 해주지 않을 것 같았던 아저씨는 원장님의 계속되는 설득과 부탁에 알겠다고 고개를 끄덕였다.

경찰은 누나와 원장님에게 각각 다시는 PD 집 앞에 가지 않겠다는 것과 입원비를 보상할 것에 대한 서명을 요구했다. 둘은 경찰이 시키는 대로 했고, 경찰에게 몇 가지 주의사항을 듣고 경찰서에서 나왔다.

"고맙습니다."

경찰서에서 나오며 원장님에게 인사를 했다.

"가자, 데려다줄게."

차를 타고 오는 동안, 누나는 한마디도 하지 않았다. 운전 조수석에 앉아 힐끔힐끔 뒤를 돌아봤다. 누나는 계속 창밖을 보고 있다.

식당 앞에 도착했다. 차에서 내리는데 원장님이 나를 불렀다.

"재규야, 재연이한테 화 내지 마라. 오죽하면 그랬겠니. 알았지?"

난 알겠다고 고개를 끄덕였다. 원장님은 그대로 차를 타고 갔고, 누나와 함께 집으로 올라왔다.

누나가 방으로 들어가더니, 벽에 몸을 기댄 채 방바닥에 주저앉았다. 경찰서에서 긴장을 너무 많이 했는지, 입 안이 바짝바짝 말랐다. 주방으로 가서 물을 따라 벌컥벌컥 마셨다.

"누나, 도대체 왜 그랬어? 아무리 화가 나도 그렇지 왜 PD한테 가서 화풀이야? 제발 성격 좀 죽여!"

누나 방으로 들어가 누나에게 소리쳤다. 그런데 누나는 아무 대꾸도 하지 않았다. 누나가 받아치지 않으니 더 화를 낼 수 없었다.

"저녁은 먹었어? 하루 종일 굶은 거 아냐?"

누나는 계속 넋이 나간 상태였다. 난 조용히 한숨을 내쉬었다. 지금은 누나가 쉴 수 있도록 해주는 게 좋을 것 같다. 누나를 두고 밖에서 나가려는데, 누나가 입을 열었다.

"부탁하러 갔어."

"부탁? 무슨 부탁?"

"방송에 나가게 해달라고. 김 실장이 약속한 것처럼 방송에 출연시켜달라고 했어. 몇 번 PD 집으로 찾아갔더니, 오늘은 지겹다며 도망을 치더라고. 따라가서 팔을 잡고 사정했어. PD가 화를 내며 놔달라고 해서 놓은 건데, 내가 너무 세게 잡고 있다가 놓았는지 PD가 넘어지면서 바닥에 부딪혀 팔이랑 얼굴을 다친 거야."

누나가 천천히 상황을 설명했다. 고개를 돌려보니 누나는 여전히 고개를 푹 숙이고 있다.

"왜 그랬어? 그런다고 PD가 우리 식당을 출연시켜주겠어? 이미 다 끝난 일이잖아."

누나의 행동이 너무 답답했다. 내가 PD였더라도 누나가 무서워 도망치고, 신고까지 했을 거다.

"방송에 꼭 나오고 싶었어. 그래야 우리 식당 살릴 수 있으니까. 내가 잘 해보겠다고 큰소리쳤잖아."

"누나 바보야? 다른 방법도 많잖아."

"식당에 손님은 점점 줄어들고, 내가 만든 요리도 맛이 없고…… 재규야, 나 정말 잘하고 싶었어. 엄마 식당, 잘 운영해서 너 대학도 보내고, 결혼도 시키고 다 하려고 했어. 엄마 없이도 잘할 수 있다는 거 보여주고 싶었는데. 그랬는데…… 엄마가 보고 싶어. 보고 싶어 미치겠어."

누나가 가슴을 치며 울기 시작했다. 난 이러지도 저러지도 못한 채 가만히 누나를 바라보기만 했다.

엄마 장례식 때도 누나는 많이 울지 않았다. 49재 때도 그랬다. 나와 은아 이모만 울었다.

내가 세 살 때 아버지가 돌아가셨다. 아버지는 서른넷이라는 이른 나이에 간암 판정을 받았고, 발병 사실을 알았을 때는 이미 말기였다고 했다. 아버지는 간암 판정을 받고 6개월도 채 되지 않아 세상을 떠났다. 나는 아버지에 대한 기억이 거의 없고, 누나는 단편적인 기억을 가지고 있었다. 누나가 기억하는 아버지는 병원에 누워 있는 모습이 대부분이라고 했다.

유치원을 다닐 때, 난 엄마에게 물었다. 아빠를 만날 수 없느냐고. 엄마는 영원히 아빠를 볼 수 없다고 했다. 그때는 영원이란 시간이 길다는 걸 몰랐다. 아빠를 영원히 볼 수 없다는 말에 나는 많이 슬퍼하지 않았던 것 같다. 만약 5년, 10년이라고 말했다면, 아주 긴 시간이라고 생각하여 오히려 슬펐을 거다. 영원은 유치원생이 가늠할 수 없는 시간 단위였다. 하지만 이제는 영원이라는 게 얼마만큼 먼 시간인지 안다. 누나도 영원의 시간 단위를 알고 있다. 누나와 나는, 엄마를 영원히 볼 수 없다.

"고시원에 들어가지 말 걸 그랬어. 고시원에만 안 갔어도 엄마랑 1년 더 함께 살 수 있었는데. 엄마랑 싸우고 고시원에 들어간 일만 생각하면 죽을 것 같아. 엄마한테 왜 그렇게 화를 냈을까? 나 너무 엄마한테 화를 많이 냈어. 엄마가 시키는 대로 할걸. 재규야, 나 너무, 너무 후회가 돼."

누나가 흐느꼈고, 난 몸을 숙여 누나를 안았다. 누나는 작고, 따뜻했다.

"재규야, 너는 꼭 오래 살아. 나보다 꼭 오래 살아야 해. 나도 너

보다 오래 살 거야. 그럴 거야. 우리는, 꼭, 서로보다 오래 살자."

누나는 울음을 멈추지 않았다. 누나의 몸의 떨림이 내게 전해졌다.

오랫동안 누나의 목을 막고 있던 사탕이 톡 튀어나왔다. 사탕이 데구루루 굴러간다. 사탕은 구르고 또 굴렀다. 사탕을 잡기 위해 몸을 움직였다. 사탕을 다시 누나 입에 넣어주어야 누나가 울음을 멈출 것이다. 하지만 사탕은 잡히지 않았다. 손에 닿을 듯하던 사탕은 내 손안에서 빠져나갔다. 사탕은 구르면서 작아졌다. 그리고 누나의 울음소리도 점점 작아졌다.

겨울, 따듯한 집밥

1

누나가 아프다.

경찰서에 다녀온 이후, 누나는 감기 몸살에 걸려 일어나지 못하고 있다. 식당도 며칠째 임시 휴업 상태다.

수업이 끝나고 곧바로 집으로 왔다. 1층 식당 문에 붙은 임시 휴업 종이에 언제까지라고 기한이 적혀 있지 않다. 어제, 은아 이모는 누나에게 식당을 하지 않아도 괜찮다고 했다. 공부를 다시 시작해 대학에 가노 좋고, 공부하는 게 영 싫다면 다른 일을 해도 된다고 했다. 은아 이모의 말에 누나는 아무 대답도 하지 않았다.

은아 이모는 누나가 식당을 한다고 했을 때 말리지 못해 미안하다고 했다. 두꺼비 남자의 일을 떠나, 식당 일은 누나에게 버거웠을 것이다. 일요일에는 쉰다고 하지만, 월요일부터 토요일까지 아침 9시부터 식당에 가서 준비를 하고, 식당 일을 마치면 밤 10시다. 누나는 하루 종일 식당에 있었다. 나는 가끔 가서 도왔을 뿐이다. 메뉴 이름을 바꾸고, 메뉴를 추가하고, 방송 브로커까지 알아보고. 7개월 동안 식당에는 많은 변화가 있었다. 누나는 식당을 가만두지 않고, 어떻게든 바꾸려고 했다. 난 그걸 누나가 제멋대로 한다고 생각했지만, 은아 이모는 그걸 '안간힘'이라고 표현했다.

집으로 올라가는 길에 2층 미술학원에 들렀다. 오늘도 학원에 못 간다고 말하기 위해서다. 누나가 나을 때까지는 당분간 누나 옆에 있어야 할 것 같다.

원장님에게 사정을 말하니, 원장님은 누나를 잘 돌봐주라고 했다.

4층으로 올라왔는데, 집에 은아 이모가 있다. 누나를 간호하기 위해 은아 이모가 매일 집으로 왔다.

"이모, 누나 뭐 좀 먹었어?"

"아니. 죽 몇 숟가락 먹고 마네."

식탁 위 그릇에 죽이 거의 그대로 남아 있다.

"이모, 그만 가봐."

이모는 내가 등교하는 시간에 맞춰 아침부터 집에 와 있었다.

"괜찮아."

"아냐. 이모도 쉬어. 내가 죽 먹일게."

이모가 누나 방으로 들어가 문을 열고 "이모, 간다. 내일 봐. 죽 좀 먹어"라고 말했다.

　이모를 배웅하고 누나 방으로 들어왔다. 누나는 침대에 누워 있다.

　"누나, 죽 먹을래?"

　"이따가 먹을게."

　"뭐 좀 먹어야지. 그렇게 아무것도 안 먹어서 어떻게 해?"

　누나가 계속 아무것도 먹지 못해, 어제는 병원에 가서 수액을 맞고 왔다. 병원에서 계속 안 먹으면 회복하기가 더 어렵다며 죽을 먹으라고 했지만, 누나는 도통 먹으려고 하지 않는다. 며칠 사이, 얼굴 살도 빠졌고, 입술이 바짝 말랐다. 주방에서 보리차를 가져와 누나에게 마시라고 했다.

　"이거라도 좀 먹어라."

　누나는 먹기 싫은지 옆에 두라며 책상 위를 가리켰다. 누나가 아무것도 먹지 않으니까 화가 났다.

　"뭐야? 굶어 죽기라도 하겠다는 거야? 그런다고 누나가 잘못한 게 용서가 돼?"

　누나는 아무 대꾸도 하지 않았다. 평소처럼 벌떡 일어나, "너나 잘해, 이 자식아"라고 말해주면 좋을 텐데. 두꺼비 남자가 도망을 쳤을 때, 누나를 너무 심하게 몰아세우지 말걸. 그땐 누나에게 너무 화가 나, 누나가 말을 걸어도 못 들은 척하고, 일부러 누나를 무시했다.

누나 옆에 계속 있어봤자 도움이 안 될 것 같다.

"누나, 나 거실에 있을 테니까 필요한 거 있으면 불러."

누나 방의 문을 열어놓은 채 거실로 나왔다.

텔레비전 채널을 돌리고 있는데 요리 프로그램이 나왔다. 나와 엄마는 요리 프로그램을 별로 좋아하지 않았다. 난 요리 만드는 걸 보는 게 조금도 재밌지 않았고, 엄마는 하루 종일 음식 만드느라 텔레비전에서 음식만 나와도 지겹다고 했다. 하지만 누나는 어렸을 적부터 요리 프로그램을 꽤 좋아했다. 리모컨 점유권은 누나에게 있어, 나도 어쩔 수 없이 누나를 따라 요리 프로그램을 많이 봤다.

텔레비전에서 요리 진행자가 해물삼계탕을 만들고 있다. 엄마가 이걸 보면, 닭요리에 별걸 다 넣는다며 해괴하다고 했을 거다. 반면에 누나라면 좋은 아이디어라며 따라 할지 모른다.

삼계탕을 만드는 걸 보고 있으니, 엄마가 끓여주던 닭죽이 떠올랐다. 나는 삼계탕은 먹지 않지만, 삼계탕 국물로 만든 닭죽은 먹었다. 닭죽에는 닭고기가 잘게 들어가기에 괜찮다. 누나도 엄마가 끓여준 닭죽을 참 좋아했는데.

만약 닭죽을 끓여준다면 누나도 먹지 않을까? 닭죽을 끓여본 적은 한 번도 없지만, 엄마가 끓이는 걸 옆에서 몇 번 봐서 만드는 법은 알고 있다.

1층 식당으로 내려갔다. 식당 냉장고 안에 닭이 몇 마리 남아 있다. 닭 한 마리를 꺼내고, 우선 커다란 냄비에 물을 끓이기 시작했다.

포장된 닭을 비닐에서 꺼냈다. 으, 징그럽다. 닭을 흐르는 물에 씻었다. 오톨도톨한 껍질의 질감이 손에 느껴졌다. 도마 위에 닭을 올려놓은 후, 껍질에 군데군데 칼집을 낸 후 껍질을 벗겼다. 껍질을 벗겨야지만 기름이 많이 나오지 않아 국물 맛이 담백해진다.

물이 끓기 시작해 양파와 통마늘, 닭을 넣었다. 삼계탕 재료인 대추와 인삼, 황기도 냉동고에 조금 남아 있어 그것도 넣었다.

닭이 끓는 동안 죽의 재료를 준비했다. 원래 닭 속에 찹쌀을 넣고 같이 끓이는 게 정석이지만, 엄마는 찹쌀을 압력밥솥에 넣어 찹쌀밥을 따로 했다. 그다음 삼계탕 국물에 찹쌀밥과 야채를 넣어 죽을 끓였다. 닭 속에 넣어 끓이는 것보다 압력밥솥에서 한 찹쌀밥이 더 차져 맛있기 때문이다.

찹쌀을 세 컵 씻은 후, 압력밥솥에 넣었다. 당근과 양파를 꺼내 잘게 다졌다. 당근은 그나마 딱딱해서 잘게 다지는 게 어렵지 않았는데, 양파는 흐물흐물해서 어려웠다. 눈이 따갑고 매워 눈물이 줄줄 났다.

닭이 다 익어 집게를 이용해 냄비에서 꺼냈다. 아주 잘 익었다. 닭 국물을 체에 걸러 새로운 냄비에 옮겨 담았다. 체 위에 닭과 함께 끓인 재료들이 걸러 나왔다.

닭이 식을 때까지 기다린 후 닭살을 잘게 찢었다. 다리 부분은 잘 찢어졌지만, 가슴 부분은 역시나 퍽퍽했다. 계속 찢다 보니, 닭이 징그럽다는 생각보다는 부드럽다는 생각이 들었다.

닭고기를 준비하는 사이, 찹쌀밥이 완성되었다. 밥솥의 찹쌀밥은 윤기가 자르르 흘렀다. 그냥 찹쌀밥만 먹어도 맛있을 것 같다. 찹쌀밥을 그릇에 푼 후, 닭을 끓였던 국물에 넣었다. 야채와 잘게 찢어놓은 닭고기도 넣어 함께 끓였다. 찹쌀에 국물이 배고 야채가 익을 때까지 저어주며 끓여야 한다. 저어주지 않으면 금방 바닥에 눌어붙어 타버린다. 닭죽은 은근히 손이 많이 가는 음식이다.

드디어 닭죽이 완성되었다. 가스레인지 불을 끄고 그릇에 닭죽을 담았다. 뚜껑으로 그릇을 잘 덮어 쟁반에 담아 가지고 4층으로 올라왔다.

"누나, 자?"

방으로 들어갔는데, 누나는 아까 자세 그대로 누워 있다. 책상 위에 있는 보리차는 한 모금도 마시지 않았다.

"누나, 내가 닭죽 끓였어. 이것 좀 먹어봐."

누나가 살며시 눈을 떴다. 쟁반을 누나 쪽으로 가져가며 "냄새 좋지?"라고 물었다.

"얼른 일어나 봐."

내가 계속 재촉하니, 누나가 침대에서 몸을 일으켰다. 누나 앞에 쟁반을 내려놓았다.

"물."

"응. 물!"

보리차를 누나에게 건넸다. 누나가 보리차를 한 모금 마셨다. 책상 의자에 앉아 누나가 닭죽 먹기를 기다렸다.

누나가 닭죽을 한 숟가락 떠 입에 넣었다.

"어때? 맛, 괜찮아?"

누나가 인상을 썼다.

"왜? 맛없어?"

누나가 고개를 들어 나를 바라봤다.

"멍청아, 싱겁잖아. 소금 갖고 와."

"어, 알았어."

마지막에 간을 보는 걸 잊었다. 주방으로 가서 소금통을 가져왔다. 누나는 닭죽에 소금을 약간 넣은 후, 닭죽을 다시 먹기 시작했다.

누나가 한 숟가락, 한 숟가락 닭죽을 먹을수록 내 마음은 조금씩 가벼워졌다.

"닭이라면 질색하면서 이건 어떻게 만들었냐?"

"그냥 뭐. 음식 재료인데 못 만질 게 어딨어?"

내 말에 누나가 웃었다. 누나가 닭죽 한 그릇을 다 비웠다.

"물 더 갖다 줄까?"

누나가 고개를 끄덕였다. 빈 그릇을 주방에 갖다 놓은 후, 보리차를 한 잔 따라 누나에게 갖다 주었다.

누나는 소화를 시키려는지 침대에 바로 눕지 않고, 상반신을 침대 헤드에 기대어 앉았다.

"너, 치토스 과자 기억나?"

"당연히 기억하지. 그거 누나가 엄청 좋아했잖아."

어렸을 때 사진을 보면, 누나는 항상 치토스 과자를 들고 있다. 그 정도로 누나는 치토스를 좋아했다.

"내가 아홉 살 때인가 우리 학교에 대상포진이 돌았어. 그래서 나도 걸렸고. 엄마가 너는 옮으면 안 된다고 절대 내 방에 못 들어오게 했어."

어렴풋이 기억난다. 이 집으로 이사 오기 전까지 누나와 나는 방을 같이 썼다. 하지만 그때는 누나가 아파, 나는 엄마 방에서 잤다. 누나한테 가려고 하면, 엄마는 절대 안 된다고 했다.

"그때 정말 답답했어. 꼭 감옥에 갇힌 것 같더라. 학교도 못 가지, 너 옮을까 봐 방에서도 못 나가지. 그렇게 혼자 방에 아파서 누워 있는데, 갑자기 방문이 열리면서 치토스 한 봉지가 쑥 날아오는 거야. 봉지에 네가 '누나, 이거 먹고 아프지 마'라고 종이에 써서 테이프로 붙여놨더라. 그 치토스, 울면서 먹었어. 너무 맛있어서. 대상포진 때문에 입 안이 다 부르트고 그랬는데도 맛있더라."

누나는 그때 내가 참 귀여웠다고 말했다.

"그래. 나도 그렇게 귀여운 시절이 있었다고."

누나가 웃었고, 나도 따라 웃었다.

"누나, 근데 왜 그랬어?"

"뭘?"

내가 기억하는 치토스는 치욕뿐이다.

"내가 누나 치토스 먹었다고 엄청 화내고 난리 피웠잖아."

초등학교 4학년 때인가 한 번 누나가 책상 서랍에 넣어둔 치토스를 허락 안 받고 먹은 적이 있다. 그걸 누나가 밤에 알아차렸고, 누나는 다시 사 오라고 난리를 피웠다. 그 당시 우리 집 근처에는 24시간 편의점이 없었다. 하지만 누나는 계속 당장 사 오라고 했고, 결국 나와 누나는 엄마한테 엄청 혼났다. 나는 누나 과자를 몰래 먹었다는 이유로, 누나는 동생이 과자 하나 먹은 걸 가지고 화를 냈다는 이유로 둘 다 혼났다. 엄마는 우리 둘이 싸우면 무조건 우리 둘을 똑같이 혼냈다. 누가 먼저 잘못한 건 중요하지 않았다. 둘이 똑같으니까 싸운 거라며, 우리 둘을 공평하게 혼냈다.

"기억 안 나, 이 자식아."

"뭘 기억 안 나? 그게 훨씬 얼마 안 된 이야긴데."

치토스 하면 누나가 나를 쥐 잡듯이 혼냈던 것만 기억난다. 하지만 누나는 기억 못 한다고 딱 잡아뗐다.

"거짓말하지 마. 그게 왜 기억 안 나? 우리 둘이 싸워서 엄마한테 파리채로 엄청 얻어맞았잖아."

"몰라. 나 잘 거니까 나가."

"완전 웃겨. 자기 불리한 건 맨날 기억 안 난대."

누나가 침대에 누워 몸을 내 반대편으로 돌렸다. 정말 억울하다. 누나는 분명 기억하면서 기억 못 하는 척하고 있는 것뿐이다.

하지만 아픈 누나를 잡고 기억하느냐 못 하느냐를 두고 싸워서 뭐할 것인가. 매일 내가 참긴 하지만, 오늘도 내가 참을 거다.

누나가 잘 수 있도록 방 불을 꺼주었다.

"필요한 거 있으면 불러."

방을 나가려는데 누나가 나를 불렀다.

"닭죽, 식당 메뉴로 넣어도 될 만큼 맛있었어."

"그럼 넣던지."

마음대로 하라고 했다. 저렇게 말하는 걸 보면, 내가 만든 닭죽이 맛있긴 맛있었나 보다.

누나가 잠이 들고 나서 은아 이모가 집으로 왔다. 하루 종일 아무것도 먹지 않은 누나가 걱정돼서다. 은아 이모에게 누나가 닭죽을 먹었다고 알려주었다.

"정말 재규 네가 만들었어?"

"응. 이모도 먹어볼래?"

"이모는 저녁 먹고 왔어. 내일 먹을게."

"그래, 그럼."

대신 이모에게 보리차를 따뜻하게 데워주었다. 아까 이모가 감기 기운이 있다고 말했다.

"우리 착한 재규. 이모도 재규처럼 착한 아들이 있으면 얼마나 좋을까."

식탁 맞은편에 앉은 은아 이모가 나를 보며 말했다.

"이모도 편의점 사장 아저씨랑 결혼해서 아들 낳으면 되잖아."

"됐어. 내 나이가 몇인데."

"어어, 이모. 아저씨랑 결혼할 마음은 있나 봐?"

"아냐. 그런 거."

이모의 얼굴이 빨개졌다. 부끄러워하는 모습을 보니, 이모를 더 놀리고 싶었다.

"왜? 결혼해서 아기 낳으면 되잖아."

"재규 네가 내 아들인데 무슨 아들이 필요해. 안 그래?"

난 그렇다고 고개를 끄덕였다. 이모는 또다시 착한 우리 재규, 라고 말했다.

어렸을 적부터 엄마와 은아 이모는 나에게 착하다는 이야기를 많이 했다. 누나에게 양보하고, 대들지 않는 모습을 두고 말이다. 하지만 내가 착하게 군 건 그것뿐이다.

"이모, 나 안 착해. 나, 엄마가 많이 답답했어. 나를 바라보는 엄마의 눈빛이, 내가 유명 화가가 되는 게 당연하다고 말하는 엄마의 말이. 숨이 막혔어. 엄마가 바라는 대로 되지 않을까 봐 두려웠어. 미술 그만두고 싶은 적이 많았어. 하지만 엄마 때문에 그럴 수 없었다고."

우리 아들은 멋진 화가가 될 거야. 그렇지?

응, 엄마. 맞아, 엄마. 그래, 엄마.

아니, 라고 말하지 않았다. 내 속에서는 '아니야', '할 수 없어', '난 재능이 없어'라고 말했지만, 내가 엄마에게 내뱉은 말은 '응'이었다.

"이모, 나는 착한 게 아니라, 엄마 앞에서 착한 척했을 뿐이야. 착하지 않은 사람이 착한 척하는 건 나쁜 건데 말이야."

엄마 앞에서 착한 척 연기했으면서, 나에게 기대를 하는 엄마가 답답해 엄마를 원망한 적이 많다. 마음속으로 제발 좀 그만하라고 엄마에게 화를 냈다. 엄마는 아무 잘못도 없는데 말이다.

"재규야, 충분히 그럴 수 있어. 그렇다고 네가 나쁜 게 아니야."

은아 이모가 손을 뻗어 식탁 위의 내 손을 잡아주었다.

"재규야, 미술 하기 싫으면 안 해도 돼. 네가 싫어하는 거라면 언니도 하라고 안 했을 거야. 그러니까 재규야, 네가 하고 싶은 대로 해. 언니가 바라는 건 네가 유명한 화가가 되는 게 아니라, 네가 행복해지는 거니까."

"미안해, 이모. 미안해."

나는 몇 번이나 미안하다는 말을 했다. 은아 이모는 미안해할 일이 아니라고 했지만, 나는 너무나, 너무나 미안했다.

2

수업이 끝나고 집으로 돌아왔는데, 식당 안에 사람들이 앉아 있는 게 보였다.

바깥에서 들여다보니, 누나와 은아 이모, 그리고 40대 초반의 남자가 한 테이블에 앉아 이야기를 나누고 있다. 식사를 하러 온 손님처럼 보이진 않았다. 누나는 일주일가량 집에만 누워 있었다. 엊그제부터 죽을 먹으면서 침대에서 일어나 움직였지만, 아직 식당 문을 열 정도는 아니다.

식당 문을 열고 들어갔다. 남자는 이야기가 끝났는지 식탁 위에 있는 태블릿 PC를 가방에 넣고 있었다.

"그럼 잘 생각해보시고 연락 주세요."

남자가 자리에서 일어났고, 누나와 은아 이모가 남자를 배웅했다.

"누구야, 저 남자?"

식탁 위에는 책자가 놓여 있다.

"주네 커피? 이게 뭐야?"

책자 맨 앞장에 '주네 커피 프랜차이즈 계획서'라고 적혀 있다. 주네 커피는 커피전문점으로 점포 수만 하더라도 전국에 150개가 넘는다.

"1층을 임대하지 않겠냐고 찾아왔어. 임대조건도 아주 좋아."

은아 이모는 남자가 온 이유에 대해 설명해주었다. 남자는 본사 직원으로 우리 식당 자리에 주네커피 직영점을 내고 싶다며 찾아온 거였다. 이 근처에 사무실이 많은데 제대로 된 커피전문점이 없다. 도보 10분 거리 버스 정류장 앞에 커피전문점이 있지만, 직장인들이 점심을 먹고 난 후 그곳까지 가지는 않는다. 그렇기에 식당 자리에 커피전문점을 열면 장사가 잘될 거라며 임대를 제안한 것이다. 주네 커피에서 제안한 임대료는 식당 순수익보다 더 많았다. 게다가 보증금으로 꽤 많은 가격을 제시했는데, 그 보증금을 받는다면 대출금을 갚아 대출이자를 줄일 수 있다.

"잘됐다, 재연아. 좋은 일이 있으려고 그랬나 봐."

은아 이모가 활짝 웃으며 말했다. 이모는 임대조건이 좋다며 받아들이는 게 좋을 것 같다고 했다. 만약 우리 건물에 주네 커피가 들어오지 않는다면, 옆 건물에 있는 꽃집으로 들어갈 거라고 했다.

"며칠만 생각해보자. 너무 갑작스러워서."

누나는 조금 더 쉬어야겠다며 집으로 올라가겠다고 했다. 은아 이모가 같이 올라가겠다고 했지만, 누나는 이제 다 나았다며 괜찮다고 했다.

나는 2층 미술학원으로, 누나는 4층 집으로 올라갔다.

초등학생반 수업이 끝났는지 원장님은 원장실에서 컴퓨터를 하고 있다.

"원장님, 저 왔어요."

"어. 교실에 가 있어. 조금 있다 갈게."

난 클림트 방으로 들어가 그림 그릴 준비를 했다.

"잘 그려져?"

"뭐 그냥저냥."

"넌 왜 맨날 대답이 그냥저냥이냐?"

원장님이 내가 스케치하고 있는 걸 살피더니 별말을 하지 않았다. 원장님은 이래라 저래라 하지 않는다. 완성된 그림을 보고도 그렇다. 내가 '그냥저냥'이라는 말을 많이 한다면, 원장님은 '괜찮네'라는 말을 가장 많이 한다. 물론 원장님의 '괜찮네'는 여러 가지 의미로 쓰인다. 그림이 좋을 때는 '괜'에 힘을 주어 말하고, 그냥 보통이면 일정한 톤으로 '괜찮네'를, 사실은 별로라고 생각할 때는 앞에 '뭐'를 붙여 '뭐 괜찮네……'라고 말끝을 흐린다.

"원장님, 어쩌면 1층에 주네 커피 들어올지 몰라요."

"그래?"

커피를 좋아하는 원장님은 근처에 커피전문점이 없다고 늘 투덜거렸다.

"그럼 너희 식당은?"

"식당 대신 들어오는 거니까 문 닫겠죠 뭐."

"너희 누나가 그렇게 하겠대?"

난 아마 그렇게 되지 않겠냐고 대답했다. 누나 혼자 주방을 맡아 일을 하는 건 쉽지 않은 일이다. 그렇다고 주방에 사람을 한 명 더 쓸

형편은 안 된다. 이 상태로 누나 혼자 주방을 계속 맡는 건 무리다.

"그럼 우리 미술학원은 괜찮은 거냐?"

"뭐가요?"

"보통 커피전문점 2층으로 많이 하잖아. 주네 커피가 2층까지 요구하면 어쩌지?"

"원장님도 참 별 걱정을."

1층만 커피전문점으로 운영될 거라며, 걱정하지 마시라고 했다.

우리가 이 건물에 들어온 이후로, 7년 동안 한 번도 세입자가 바뀌지 않았다. 1층은 행복식당, 2층은 미술학원, 3층은 정수기 사무실로 계속 운영되었다.

"저, 원장님만 아니었어도 미술 안 했을 거예요. 2층에 미술학원이 있는 바람에 엄마가 절 여기로 데려온 거예요."

아마 엄마는 내 손을 잡고 멀리까지 가지 못했을 거다. 내 말을 듣던 원장님이 말도 안 되는 소리라고 했다.

"그럼 여기가 태권도 도장이었다면, 지금 네가 태권도를 하고 있단 거야? 피아노 학원이었다면 피아노를 치고? 왜 내 평계를 대는 거냐?"

"뭐 그건 아니네요."

태권도나 피아노 학원이었다면 지금처럼 오래 다니지 못했을 거다. 여기 이사 오기 전에 태권도와 피아노를 배웠지만 6개월을 넘기지 못했다. 태권도 학원은 같이 다니는 형들이 너무 무서웠고,

피아노는 손가락만 아프고 재미가 없었다.

원장님은 내년부터 고등학생 반을 따로 운영할 거라고 했다. 지금 중학교 3학년인 아이들 두 명이 있는데, 그 아이들이 고등학교에 입학해서도 미술을 계속하고 싶다고 했기 때문이다.

"그러고 보니 네가 우리 학원을 제일 오래 다녔고 나이도 가장 많아. 우리 학원도 플랜카드 한 번 걸어보자. 뭐 안 되면 말고."

원장님이 그 말을 하고는 클림트 방에서 나갔다.

이 학원에 다닌 지 벌써 7년이 되었다. 최근 슬럼프에 빠져 3개월을 쉰 것을 빼면, 거의 매일 학원에 나왔다. 학교만큼 친근한 곳이 여기 학원이다. 이래라 저래라 하지 않은 원장님의 교육방식이 마음에 들기도 했지만, 오랫동안 학원에 다닌 건 그림을 그리는 게 좋았다. 내가 보고 있는 사물은 그대로지만, 그림으로 그리면서 내 마음대로 상상을 더할 수 있다.

엄마는 내가 처음 미술학원에 다녔을 때부터 그렸던 스케치북을 전부 모아두었다. 예전에 그렸던 그림을 보면 유치하고 형편없지만, 그 그림을 그렸을 때의 내 모습이 생각난다. 어떤 마음으로 그림을 그렸고, 그때 내 생활이 어땠는지 기억해보면 재밌다. 그림은 내 마음이 들어 있는 일기 같기도 하다.

지금까지 난 계속 평계를 대고 있던 게 아닐까. 내가 미술을 그만두지 못하는 건, 엄마 때문이 아니다. 내가 그림 그리는 걸 좋아했기 때문에 계속 학원에 다닌 거다. 엄마의 영향이 없었다고는 할 수 없지만, 나는 그림이 좋았다. 그건 지금도 마찬가지다.

정물화의 스케치를 마쳤다. 채색을 하기 위해 물통에 물을 담아왔다. 오늘 채색은 조금 밝게 하고 싶다.

학원 수업이 끝나고 4층으로 올라왔다. 문을 열고 들어가는데 맛있는 냄새가 났다.

"뭐 만들었어?"

"마트에 갔다가 갈치 좀 사왔어."

가스레인지 위 냄비 안에 갈치조림이 끓고 있다.

"웬 갈치? 누나 갈치 싫어하잖아."

"그냥 사 왔어."

나와 달리 누나는 생선요리를 좋아하지 않는다. 특히 갈치는 다른 생선보다 더 가시 발라내기가 힘들다며 싫어한다. 내가 갈치를 먹을 때마다 누나는 뭐 이런 이상한 애가 다 있나 하는 눈으로 나를 쳐다봤다. 누나는 살도 별로 없고, 가시만 많은 생선을 먹겠다고 덤비는 게 싫다고 했다.

"씻고 와서 먹어. 다 됐어."

목욕탕에서 손만 씻고 나왔다. 식탁 위에는 갈치조림과 된장찌개가 차려져 있다.

"얼른 먹어."

4층에서 누나와 함께 밥을 먹는 건 아주 오랜만이다. 누나가 식당을 할 때는 주로 식당에서 밥을 먹었고, 휴일인 일요일에는 나가서 사 먹거나 간단하게 라면이나 피자 같은 걸 먹었다.

"갈치조림 맛있다. 텁텁하지 않고, 맛이 깔끔해."

"매실액을 넣어서 그래. 외숙모가 보내왔어."

누나의 요리 솜씨가 조금씩 나아지고 있다. 어떤 음식은 엄마가 하는 것보다 더 맛있기도 하다.

"내가 갈치를 싫어했던 건 가시 때문이 아니었어."

누나가 갈치조림의 가시를 발라내며 말했다.

"그럼?"

"엄마가 가시를 발라서 너를 주는 게 싫었어."

"뭐?"

"엄마는 갈치조림이 완성되면, 접시에 한 토막을 가져와. 그리고 그 가시를 잘 발라서 네 밥 위에 놓았어."

"그거야 누나가 생선을 싫어하니까 그렇지."

"어쨌든."

"엄마가 왜 닭볶음탕 가게를 연 건데? 누나 때문이잖아. 누나가 닭이라면 사족을 못 써서, 엄마가 누나 닭이라도 배부르게 먹이려고 식당 메뉴를 바꿨다잖아."

은아 이모가 이야기해주었다. 엄마가 식당을 인수할 때, 원래 행복식당의 메뉴는 백반전문점이었다. 엄마가 군이 닭볶음탕 가게로 바꾼 건, 누나가 닭을 너무 좋아해서라고 했다.

"그깟 갈치 가시 발라준 게 뭐라고? 엄마는 내가 닭을 못 먹는데도 누나 때문에 닭볶음탕 식당을 열었어."

"네가 계속 닭을 못 먹을 줄 알았겠냐? 그리고 너 모르지? 엄마가 네 앞에서는 네 귀 그거 아무것도 아니라고 말해놓고 나한테는 안 그랬어. 재규한테 잘해라, 재규 잘 돌봐라, 네가 재규의 귀가 되어야 한다, 매일 그랬다고. 그래서 나 좀 짜증났어."

"진짜 엄마가 그랬어?"

누나가 대답 대신 고개를 끄덕였다. 엄마한테 조금 배신당한 기분이다. 나는 왼쪽 귀가 안 들리는 걸 한 번도 장애라고 생각해본 적이 없다. 엄마가 그건 절대 문제가 아니라고 누누이 이야기했기 때문이다.

"네 앞으로 통장도 하나 있어. 나중에 의학기술이 많이 발달되면 네 귀 고칠 수 있을 거라면서, 엄마가 수술비 통장 따로 만들어 뒀어."

"그거, 누나가 갖고 있어?"

누나가 고개를 끄덕였다. 내가 농담으로 잘 갖고 있냐고 물으니, 누나가 정색을 하며 화를 냈다.

"걱정 마, 그건 절대 안 써. 엄마가 그 돈은 어떤 일이 있어도 쓰면 안 된다고 했어."

갑자기 왼쪽 귀가 찌릿찌릿했다. 자기 이야기라는 걸 알고 있다는 듯 말이다.

"먹어."

누나가 가시를 발라낸 갈치 살을 내 접시 위에 놓아주었다.

"왜 이래?"

누나의 친절이 몹시 낯설었다.

"나 갈치 안 먹잖아. 너나 실컷 먹어."

누나는 갈치조림 대신 다른 반찬을 집어 먹었다.

"근데 식당, 어쩔 거야?"

누나는 대답을 하지 않고 밥만 먹었다.

"나도 은아 이모랑 같은 생각이야. 식당 운영이 쉬운 것도 아니고, 누나가 맡아서 하기엔 힘든 것 같아. 커피전문점 들어오면 임대료 받은 거로 생활도 할 수 있으니까, 누나가 생활비 때문에 부담 갖지 않아도 되잖아."

누나는 계속 말이 없었고, 어느새 식사가 다 끝나가고 있었다.

"재작년 즈음에도 베이커리 체인점에서 임대하지 않겠냐고 제안 받은 적이 있어."

"정말?"

처음 듣는 이야기다. 누나도 엄마가 아닌 은아 이모를 통해 나중에 들었다고 했다. 엄마는 식당 일이 힘들다고 했지만, 단칼에 제안을 거절했다고 한다. 엄마에게 식당은 생활 터전이었다. 엄마는 식당 일이 힘들다고 말하면서 한 번도 식당을 그만둔다는 말은 하지 않았다.

"재규야."

누나가 내 이름을 불렀다. 누나가 내 이름을 부를 때는 많지 않다. 보통 '야' 아니면 '멍청이'라고 부른다. 내 이름을 부를 때는 중요한 이야기를 할 때다.

"엄마 때문도, 너 때문도 아니야. 내가 식당을 하겠단 거 말이야. 물론 그런 이유도 있지만, 내가 해보고 싶었어. 그러니까 나한테 미안해하지 마."

내 맞은편에 누나가 앉아 있다. 1층 식당에서 밥을 먹을 때와는 느낌이 사뭇 다르다. 식구라는 건, 함께 밥을 먹는 사람을 의미한다. 엄마가 살아 있을 때, 왜 셋이 함께 마주 앉아 밥을 먹을 시간이 없었을까? 우리는 바쁘다는 핑계로 각자 따로 밥을 먹었다.

"누나, 앞으로 우리 자주 여기서 밥 먹자."

"그러든지."

식사가 끝나고 내가 설거지를 하겠다고 했다. 누나가 요리를 했으니 설거지를 내가 하는 게 맞다.

"깨끗이 해, 이 자식아. 네가 대충해서 그릇 쓰려고 보면 거품이 보글보글 올라와."

"걱정 마."

누나는 내 엉덩이를 발로 걷어차고 방으로 들어갔다. 하여튼 3분 요리도 아니고, 누나와 나는 좋은 게 3분을 못 간다.

3

학기말을 앞두고 담임이 부모님과 함께 진학 상담을 하겠다고 했다. 반 전체를 하는 건 아니었고, 고3 반 편성을 앞두고 진로 변경을 원하는 아이들에 한해서인데 난 대상자 중 한 명이다. 예체능 반에 남을지, 문과반으로 옮길지 아직 결정을 하지 못했기 때문이다.

식당 일을 마친 누나가 밤 10시가 조금 안 되어 집으로 올라왔다. 오늘 저녁은 학원에서 피자를 먹어 식당에 내려가지 않았다. 초등학생 여자애가 미술대회에서 1등을 했고, 그 여자애 엄마가 고맙다며 학원생들에게 피자를 돌렸다.

일주일간 푹 쉰 누나는 다시 기운을 차려 식당 문을 열었다. 이모는 무리하지 말라고 했지만, 누나는 괜찮다고 했다.

"누나, 이모 집에 갔어?"

"응. 조금 전에 갔는데 왜?"

"이모한테 할 말 있는데."

이번 주 금요일에 진학 상담이 있다며, 이모가 와야 한다고 이야기했다. 그전에도 종종 엄마가 바쁜 일이 있으면 이모가 대신 학교에 왔다.

"금요일? 그날 이모 식당 쉬기로 했어."

"왜?"

"편의점 사장 아저씨 부모님이 서울에 올라오신다고 해서 뵙기로 했대. 그래서 아예 그날은 이모가 못 온다고 해서 서진이가 와서 도와주기로 했어."

이모와 편의점 사장 아저씨는 요즘 잘 되어가고 있다. 편의점 사장님이 이모에게 결혼 이야기까지 꺼냈다.

"그럼 담임한테 말해서 날짜 바꿔달라고 해야겠다."

나 때문에 이모의 중요한 약속을 취소하게 만들 수는 없다.

"아냐, 괜찮아. 그냥 금요일에 해."

"왜?"

"이모 대신 내가 갈게."

누나는 자기가 상담을 하러 오겠다고 했다.

"누나가 왜?"

"왜긴? 이모 일 있잖아. 그러면 내가 가는 게 당연하지."

"식당은 어떻게 하고?"

"상담 몇 신데?"

"3시. 담임이 그때 수업이 없대."

"어차피 3시부터는 손님 없어서 괜찮아."

담임에게 말해 시간이나 날짜를 바꾸겠다고 했지만 누나는 끝까지 자기가 오겠다고 했다. 저 고집은 정말. 누나는 한번 한다고 하면 꼭 하고 마는 사람이다.

"몰라. 그럼 맘대로 해."

누나한테 시간이나 늦지 않게 오라고 했다.

"근데 너, 미술 그만둘 거야? 그러고 싶어?"

"모르겠어."

이제 고3이 얼마 남지 않았는데 아직도 헷갈린다. 그림을 그리는 게 재밌긴 하지만, 내가 특출하게 그림을 잘 그리는 건 아니다. 미술대회에 나가 보면 정말 잘 그리는 아이들이 많다. 그림을 잘 그리지도 못하면서, 그림 그리는 일로 직업을 찾을 수 있을까.

"그림 관련해서 할 수 있는 일이 의외로 많지 않을까? 원장님처럼 학원을 할 수도 있고, 아니면 미술관에서 일할 수도 있고. 조금 더 생각해봐."

누나는 아직 입시까지 1년이 남았으니 천천히 생각해보라고 했다. 누나는 피곤하다며 목욕탕에 씻으러 들어갔고, 난 방으로 들어왔다.

아무래도 상담 날짜를 바꿀 걸 그랬나 보다. 금요일 3시가 되자, 왠지 모르게 불안했다. 도저히 수업에 집중이 되지 않는다. 누나한테 시간 맞춰 오라고 했는데, 제대로 왔으려나 모르겠다. 우리 담임, 시간 약속 늦는 거 제일 싫어하는데.

담임과 누나가 앉아 무슨 이야기를 나눌까. 누나는 선생님들에게 예쁨 받는 학생 스타일은 아니다. 나도 특별히 선생님들이 좋아하는 학생은 아니지만, 그래도 중간은 한다. 하지만 누나는 건방지고 시니컬한 면이 있어서 선생님들이 예의 없다고 생각하는 학생 스타일이다. 내가 하도 걱정을 하니, 준모는 걱정 말라며, 설마 우리 누나와 담임이 싸우기라도 할까 봐 그러냐고 했다. 준모의 말을 들으니 더 걱정이 되었다. 누나가 중학생 때 선생님들한테 대들어 엄마랑 이모가 불려간 적이 몇 번 있다.

준모는 진학 상담 예외자다. 내년에도 예체능반에 가는 게 확정되었다. 준모의 아버지는 아들이 아닌 아내를 택했다. 더 이상 준모는 아버지를 속이지 않아도 되지만, 되도록 아버지 눈에 띄지 않으려고 노력 중이다. 마주치면 아버지 화만 돋우니까, 집에 있을 때는 방에서만 있고, 가족들이 다 같이 밥을 먹을 때도 혼자 따로 식사를 한다. 준모는 집에서 유령 생활을 한다고 했다. 준모 아버지는 준모에게 대놓고 자기한테는 이제 아들이 하나다, 라고 말했단다. 준모 동생 준수만 자기 아들이라는 거다. 준모는 그 이야기를 내게 전하면서 천하태평이었다. 아버지가 그렇게라도 말을 해 마음이 편해진다면, 자기는 그것으로 족하다고 했다.

준모가 철이 들었나 싶었는데 그건 아니었다. 어떻게 둘인 아들이 하나가 될 수 있느냐며, 그게 눈 가리고 아웅 하는 거랑 뭐가 다르냐고, 자기 아버지가 말도 안 되는 소리를 하는 거라고 코웃음을 쳤다. 깁스를 푼 준모는 내년 3월에 있을 대회 준비에 벌써 들어갔다. 지난번 대회에 나가지 못한 것을 봄 대회 수상으로 만회하려고 벼르고 있다.

7교시 수업이 끝나고 담임이 종례를 하러 들어왔다. 담임은 기말고사가 얼마 남지 않았다며, 공부 좀 하라고 했다. 우리 반은 10개 반 중 꼴찌를 맡아놓고 있다. 예체능반이라 어쩔 수 없다. 담임은 꼴찌를 하는 것까지는 좋지만, 공부하는 척이라도 하는 성의를 보이라고 했다.

"나도 얼른 기말고사 좀 끝났으면 좋겠다. 니들 얼굴 좀 안 보게."

담임의 말이 끝나자마자, 준모가 손을 들고 "내년에도 예체능반 담임 맡으셔야죠"라고 말했다. 담임은 뒷목 잡는 시늉을 하며 두 번 다시 예체능반은 안 맡을 거라고 했다.

"참 좋은 소식 하나. 우리 반 이수지가 H대학에서 주최하는 미술대회에서 동상을 받았다. 방금 학교로 연락 왔어."

아이들이 박수를 쳤고, 나도 아이들을 따라 박수를 치며 수지를 슬쩍 쳐다봤다. 수지는 수줍게 웃고 있었다.

종례가 끝나고 가방을 챙기는데, 담임이 나를 불렀다.

"이재규, 교무실로 좀 따라와라."

담임을 따라 교실에서 나왔다.

담임이 왜 나를 오라고 한 거지? 혹시 누나가 담임에게 잘못한 게 있나? 설마 우리 담임한테까지 대든 건가? 누나 성격에 그러고도 남는다. 난 최대한 느린 걸음으로 담임 뒤를 따라갔다.

"얼른 들어와."

먼저 교무실로 들어간 담임이 나에게 들어오라고 손짓했다. 난 조마조마한 마음으로 교무실로 들어갔다.

담임 책상 위에는 많이 보던 3단 도시락이 있다. 저건 설마?

"너희 누나 음식 아주 잘하는구나. 다른 선생님들도 다 맛있다고 난리도 아니었다."

담임이 내게 도시락을 건네며 말했다.

"이게 뭐였는데요?"

"닭강정. 너희 식당에서 새로 내놓을 메뉴라던데?"

"아, 네."

누나가 또 새로운 메뉴를 만들려나 보다. 담임은 정말로 맛있다며, 누나한테 잘 먹었다는 말을 꼭 전하라고 했다.

"그럼 저는 어떻게?"

"아, 너. 너희 누나랑 이야기해본 결과, 너는 그냥 예체능반에 남는 게 좋을 것 같다. 문과로 옮겨봐야 과목이랑 성적 따라잡는 게 쉽지도 않고, 미대에 회화과가 아니더라도 다른 학과가 많으니까."

담임은 누나가 미대 정보를 많이 찾아왔다며, 집에 가서 누나와 이야기하라고 했다. 뭔가 좀 찜찜하다. 정작 나는 아무것도 해결된 게 없다.

"왜 그러고 서 있어?"

"선생님, 저 어떻게 해야 할지 모르겠어요. 다 애매해요. 그림 그리는 게 좋긴 한데 자신이 없어요. 미대에 갈 수 있을지, 간다 하더라도 나중에 먹고살 수는 있을지 말이에요."

내 이야기를 듣던 선생님이 피식, 하고 웃었다.

"인마, 원래 그래. 딱 부러지는 건 없다. 수학이라고 딱 정해지냐? 그 뭐냐. 파이. 3.14. 그 뒤로도 계속 줄줄이 따라오잖아. 인생은 원래 애매한 거다. 그러니까 결단력이 필요해. 3.14 뒤를 딱 잘라내는 것처럼 말이다. 이재규, 너 내가 왜 축구를 그만두었는지 아냐?"

"부상 때문이라면서요."

"누가 그러더냐?"

"애들이요."

내 말을 들은 담임이 고개를 저었다.

"아니다. 난 크게 부상당한 적 없어. 뭐 소소하게 다치기는 했지만 축구를 그만둘 정도의 부상을 당하진 않았어."

"근데 왜 축구선수를 그만두신 거예요?"

"나는 노력하면 된다는 말, 꿈꾸면 이루어진다는 말 믿지 않는다. 그러면 이 세상에 되고 싶은 거 못할 사람이 어디 있겠냐? 인생은 타협하며 살아가는 거야. 나는 비록 프로 선수는 안 됐지만, 이렇게 체육선생으로 살고 있지 않느냐. 나는 지금 내 생활에 만족한다. 아니다 싶으면 바꾸는 것도 능력이야. 인생에는 한 가지 길만 있는 게 아니야."

담임의 말을 들으니 더 헷갈렸다. 지금 나보고 미술을 그만두라는 건지 계속하라는 건지 모르겠다. 내 표정을 읽었는지, 담임이 계속 말을 이어나갔다.

"나는 축구를 아직도 좋아하고, 경기도 즐겨 본다. 그건 내가 충분히 도전해볼 만큼 도전하고 안 됐기 때문에 가능한 거야. 어설프게 하다가 그만둔 내 친구들은 축구를 싫어해. 나도 끝까지 도전하지 않고 그만뒀으면 아마 배 아파서 축구 경기를 보지도 못할 거야. 그러니까 인마, 너도 우선 걱정부터 하지 말고, 뭐든 해보란 말이야. 3.14에서 자를지 3.145에서 자를지는 금방 결정할 수 있는 게 아니야."

"샘, 꼭 윤리 선생님 같으세요."

"그러냐?"

담임은 내 말을 칭찬으로 들었는지 껄껄 웃었다. 내가 윤리 시간에 제일 많이 자는 걸 담임은 모를 거다.

교무실 문을 열고 나가는데, 문 앞에서 현석 형과 마주쳤다. 순간 몸이 움찔했다. 현석 형을 피해 몸을 오른쪽으로 돌리는데, 형이 나를 불렀다.

"야, 이재규."

형이 뚜벅뚜벅 걸어와 내 앞에 섰다. 지난번 교실 사건 이후로 형은 자리를 바꿨고, 형이 수업에 몇 번 들어오지 않아 형을 마주칠 일이 없었다.

"고맙다. 네 덕분에 징계 피하게 됐어."

"뭘. 내가 먼저 때린 거 맞잖아."

난 담임과 함께 야구부에 찾아가서 자초지종을 설명했다. 내가 현석 형에게 많이 얻어맞긴 했지만, 먼저 시비를 건 게 나였다는 걸 강조했다.

"나랑 사귀면서 수지가 계속 네 이야기를 하더라고. 그리고 애들 하는 말이, 원래 수지가 널 좋아했다고 하고. 그래서 좀 짜증났어. 괜히 내가 너희 둘 중간에 낀 것 같기도 하고."

그 말을 듣고 보니, 형에게 조금 미안했다. 내가 수지에 대한 감정을 조금 일찍 알아차렸다면, 이런 일은 일어나지 않았을 거다. 현석 형도, 나도 뭐라고 할 말이 없었다. 형과 나 사이에 침묵이 이어졌다. 형은 어색하게 다음에 보자는 말을 한 후, 교무실로 들어갔다.

현석 형과 헤어진 후 교실로 돌아왔는데, 교실 안에 수지와 몇 명의 여자아이들이 남아 있었다. 모른 척하고 그냥 집에 갈까 하다가, 수지 근처로 걸어갔다.

"상 받은 거 축하해."

"응, 고마워."

"저기, 나 예체능반에 남기로 했어. 미대 입시 준비하려고."

"잘됐다."

수지가 묻지 않았지만 내가 먼저 말했다. 그냥 수지에게 알려주고 싶었다.

교실에서 나오려는데, 수지가 나를 불렀다.

"저기, 입시학원으로 옮기고 싶으면 나한테 말해."

"응. 고마워."

수지에게 인사를 하고 교실에서 나왔다. 수지와 완전히 끝났다고 생각했는데, 왠지 그렇지 않은 것 같다. 물론 수지와 나의 관계가 애매하긴 하지만 말이다. 이럴 때 보면 애매한 게 꼭 나쁜 것 같지만은 않다.

집에 도착해 학원으로 바로 올라가지 않고 1층 식당으로 갔다. 식당에는 은아 이모 대신 서진 누나가 있다. 오랜만에 서진 누나를 만났다. 준모의 콩쿠르 이후로 처음이다. 누나는 기말고사가 끝나 요즘 한가하다고 했다.

아직 저녁 시간 전이라 식당에는 손님이 없었다. 난 도시락을 들고 주방으로 들어갔다.

"담임이 잘 먹었대. 아주 맛있었대. 우리 담임 빈말은 안 하거든."

누나가 도시락을 열었다. 도시락은 이미 담임이 설거지를 한 상태였다.

"야, 고등학교 때 우리 담임이 보면 완전 어이없어 할 거야. 네가 선생님한테 잘 보이려고 음식을 해가다니."

주방에 따라 들어온 서진 누나가 깔깔거리며 웃었다.

"담임이 나보고 예체능반에 남으래."

"그래, 그렇게 해."

누나가 저녁에 사용할 닭을 손질하며 대답했다.

"학원 원장님한테 물어보니까, 원장님도 네가 계속 그림 그리는 게 좋겠대."

"누나, 우리 원장님도 만났어?"

"엊그저께 식당에 오셨거든."

옆에 서 있던 서진 누나는 내게 미술사를 공부하는 것도 한번 생각해보라고 했다. 나중에 미술관에서 일을 할 수도 있다며 말이다.

"우리 사촌 언니도 미술사 공부해서 미술관에서 큐레이터로 있다가, 지금은 미술 관련 출판사에서 일해. 재규 너는 그림 관련해서 공부하는 것도 잘 어울릴 것 같아."

서진 누나는 그림을 직접 그리는 일 말고도 그림 관련 일이 꽤 많다고 했다. 누나가 서진 누나와도 내 이야기를 했나 보다. 난 알았다고 말하고 학원에 가기 위해 주방에서 나왔다.

"열심히 해, 이 자식아."

뒤에서 누나가 소리치는 게 들렸다. 고개를 돌려보니 누나는 재료 준비에 바쁘다.

기분이 이상했다. 누나가 진짜 어른처럼 느껴졌다.

4

기말고사가 끝났다. 이제 우리를 기다리고 있는 건 겨울방학과 고3이라는 괴물이다. 예체능반 아이들도 고3을 두려워하는 건 여느 아이들과 마찬가지다. 예체능반 아이들은 수능 준비와 실기 준비로 마음이 두 배 더 바쁘다.

일요일 오후, 누나와 함께 마트에 왔다. 엄마의 제사를 준비하기 위해서다. 제사는 수요일이지만, 평일에는 마트에 올 시간이 없어 오늘 미리 왔다.

엄마의 사고가 난 지 벌써 1년이 되었다. 그때는 시간이 멈출 줄 알았다. 엄마 없이는 살아갈 수 없을 거라 생각했다. 하지만 1년을 살아냈다. 처음에는 견뎠고, 그다음에는 버텼다. 그러다 보니 시간이 흘러가 있었다.

"사과랑 배."

누나가 메모해온 쪽지를 보며 사야 할 재료를 불렀다.

"누나, 감도 좀 사자."

"그러든지."

봉지 감을 카트에 넣었다. 과일 코너를 도는데, 과자 코너에서 감자칩 묶음을 팔았다. 난 슬쩍 감자칩을 집어 카트에 넣었다. 옆에 초콜릿 바도 있어 그것도 넣었다. 카트가 꽉 찼다. 평소였다면 이것저것 많이 샀다고 누나한테 혼났겠지만, 오늘만큼은 누나도 별말을 하지 않았다. 매년 아버지 제사를 지내긴 했지만, 그때는 엄마랑 은아 이모가 알아서 다 준비했다. 누나랑 나는 옆에서 조금 도왔을 뿐이다.

제사에 필요한 재료를 다 산 후, 마트 안에 있는 푸드코트에 왔다. 큰 마트를 돌아다녔더니 배가 많이 고팠고, 잔치국수를 한 그릇씩 먹기로 했다.

사람들이 많아 주문을 하는 데만 시간이 꽤 걸렸다. 누나가 자리를 맡아 앉아 있었고, 난 주문을 하기 위해 줄을 섰다.

5분 정도 기다린 후 내 차례가 되었다. 주문한 음식은 금방 나왔다. 잔치국수는 만드는 데 시간이 1분도 채 걸리지 않았다.

난 잔치국수 위에 고춧가루를 듬뿍 뿌렸다. 누나랑 나는 잔치국수에 고춧가루를 넣어 맵게 먹는 걸 좋아한다. 쟁반에 잔치국수를 담아 누나가 있는 테이블로 갔다.

"멍청아, 고춧가루를 이렇게 많이 뿌리면 어떻게 해?"

"지난번엔 조금 뿌렸다고 뭐라 했잖아. 그냥 먹어."

누나는 나를 한번 째려보더니, 숟가락으로 고춧가루를 건져 휴지 위에 덜어냈다.

"엄마가 만들어준 잔치국수도 참 맛있었는데."

누나가 국수를 먹으며 말했다.

"엄마는 잔치국수에 멸치 말고 디포리를 넣었잖아."

디포리는 국멸치보다 훨씬 크다. 잘못 끓이면 비린내가 나지만,

엄마는 청양고추를 썰어 넣어 비린내가 나지 않게 잘 만들었다.

"이거."

"됐어. 넣지 마."

누나의 말을 딱 잘랐다. 누나가 무슨 말을 하려는지 안 봐도 뻔하다. 점심 메뉴로 잔치국수를 넣는 건 절대 반대다. 닭요리 전문점에 잔치국수가 들어가면, 이것저것 다 파는 김밥집과 다를 게 없다.

"하긴. 이건 좀 아니다."

누나가 금세 꼬리를 내렸다. 아무래도 누나에게 전적으로 식당 일을 맡겨서는 안 될 것 같다. 고3이 되더라도, 고등학교를 졸업해 대학에 간 후에도, 누나가 식당을 잘하고 있는지 계속 체크해야겠다. 내가 그 말을 했더니, 누나가 내 일이나 똑바로 잘하라고 비웃었다.

잔치국수를 먹고 난 후 마트 계산대에 가서 물품 계산을 했다. 10만 원이 훌쩍 넘었다. 누나는 내가 과자를 많이 사서 그런 거라며 한 소리 했다.

시장바구니를 들고 나오는데, 마트 옆에 있는 장난감 가게에서 크리스마스트리를 팔고 있었다. 이제 곧 크리스마스구나. 나무에 걸린 전구에 반짝반짝 빛이 들어왔다.

"누나, 우리 저거 사면 안 돼?"

"뭐?"

"하나 사자. 그래서 식당에 장식해놓자."

난 크리스마스트리를 가리켰다. 누나는 그러자며 시장바구니를 들고 장난감 가게로 들어갔다.

누나가 50센티미터 정도 되는 작은 크리스마스트리를 하나 달라고 했다.

어렸을 때, 집에 크리스마스 장식을 하는 게 누나와 나의 소원 중 하나였다. 하지만 엄마는 거추장스럽다며, 한 번도 트리를 사준 적이 없다. 거추장스럽기도 했겠지만, 아마 돈도 없었을 거다. 식당을 열면서 형편이 좀 나아졌지만 그때 이미 나는 중학생이었다. 크리스마스트리와는 어울리지 않는 나이가 되어 있었다.

장난감 가게 주인이 크리스마스트리를 커다란 쇼핑백에 넣어주었다.

"내가 들고 갈게."

이미 내 양손에 시장바구니가 하나씩 들려 있었지만, 트리가 든 쇼핑백을 오른손에 시장바구니와 같이 들었다.

엄마 제사에 사람들이 많이 왔다. 청주 외삼촌과 외숙모도 왔고, 은아 이모와 편의점 사장 아저씨, 그리고 서진 누나와 준모까지 왔다. 서진 누나는 제사 준비를 도운다고 왔고, 준모는 서진 누나를 못 본 지 오래되었다며, 서진 누나가 우리 집에 온다고 하니 오겠다고 했다.

제사를 지낼 때 집이 무척 썰렁할 줄 알았는데, 사람들로 북적북적했다. 외숙모와 은아 이모가 주방에 있어 내가 주방에 들어가 따로 도울 일이 없었다.

"힘들지?"

제사 음식을 거실로 나르고 있는데 외삼촌이 내게 물었다. 주어가 빠져, 외삼촌이 정확히 무얼 묻는지 알 수 없었다. 이제 고3이 되는 학교생활을 말하는 건지, 식당 운영인지, 엄마 없이 지내는 걸 의미하는지 잘 모르겠다. 하지만 난 "괜찮아요"라고 대답했다.

음식 준비가 다 끝나 제사를 지내기 시작했다. 외삼촌과 누나, 그리고 내가 차례대로 엄마에게 절을 했다. 엄마 사진을 보자, 은아 이모가 뒤에서 울기 시작했다. 나는 어금니를 꽉 깨물었다. 사람들도 많았고, 엄마가 지금 이곳에 와 있다면 내가 우는 걸 좋아하지 않을 거다.

제사가 끝난 후, 다 같이 거실에서 저녁을 먹었다. 외삼촌은 자주 찾아와야 하는데 그러지 못해 미안하다고 말했다. 누나는 은아 이모가 많이 도와줘서 괜찮다고 했다.

화제는 은아 이모 쪽으로 흘러갔다. 은아 이모와 외삼촌 역시 같은 동네에서 자라 어렸을 적부터 친하게 지내던 사이였다. 외삼촌은 편의점 사장 아저씨를 마음에 들어 하는 눈치다. 둘에게 얼른 날짜를 잡으라고 했고, 편의점 사장 아저씨는 그 말을 듣고 헤벌쭉 웃었다. 은아 이모는 부끄러운지 고개를 숙인 채 밥만 먹었다.

식사가 끝나고 간단하게 과일까지 먹고 났더니 9시가 훌쩍 넘었다. 외삼촌은 내일 아침 일찍 출근을 해야 해서 오늘 청주로 내려가야 했다. 외삼촌과 외숙모가 일어나면서, 다른 사람들도 모두 같이 일어섰다.

식당 앞에서 다 같이 헤어졌다. 외삼촌과 외숙모는 택시를, 은아이모와 편의점 사장 아저씨는 승용차를 타고 갔고, 서진 누나와 준모는 버스 정류장 쪽으로 걸어갔다.

사람들이 모두 가고 난 후 집으로 올라가려고 하는데, 누나가 식당 쪽으로 걸어갔다.

"식당에는 왜?"

누나는 내 질문에 답하지 않고, 열쇠로 식당 문을 열고 들어갔다. 나도 누나를 따라갔다.

주방으로 들어간 누나는 냄비에 물을 넣고 끓이기 시작했다.

"누나, 지금 뭐해?"

"그때 네가 만들었던 엄마 닭죽, 그거 만들어보려고. 겨울이니까, 점심 특선 메뉴로 넣으면 어떨까 해서."

"안 피곤해?"

벌써 10시 가까이 되었다.

"피곤해. 근데 지금 만들어보고 싶어."

누나가 냉장고에서 닭죽에 넣을 재료를 꺼냈다.

"내가 먹어봐야겠어. 내가 만든 것만큼 맛있을지 말이야."

난 주방 안 의자에 자리를 잡고 앉으며 말했다.

"당연히 내가 만드는 게 더 맛있겠지. 말이 되는 소리를 해, 이 자식아."

"왜 맨날 이 자식이야? 내가 누나 자식이야?"

"이 새끼보다는 낫잖아. 내가 나름 순화해서 부르는 거야, 멍청아."

"아, 쫌!"

누나는 내 말에 눈 하나 깜짝하지 않고, 차근차근 요리를 했다.

의자에 앉아 식당 홀 쪽을 내다봤다. 계산대 옆에 서 있는 크리스마스트리가 반짝반짝 빛났다.

"트리 사 오길 잘했어. 그치?"

크리스마스트리 때문에 식당이 훨씬 더 따뜻해 보였다.

누나가 요리를 하고 있는 동안, 난 여기저기 주방을 살폈다.

"주방, 많이 바뀌었다. 이 냄비도 새 거고, 여기 의자도 없었는데."

누나가 식당 문을 다시 열면서 많은 게 변했다. 식당의 대표 메뉴였던 닭도리탕은 닭볶음탕이 되었고, 메뉴도 늘어났다. 1인용 음식을 시작하면서 1인 냄비가 늘어났다. 주방의 구조도 바뀌었다. 누나는 요리하는 도중에 앉아서 쉴 수 있는 의자도 갖다 놨다. 엄마가 식당을 운영할 때와 비교하면 반 이상이 바뀌었다.

"아예 식당 이름도 바꾸지 그래?"

누나에게 농담조로 말했다.

"식당 이름은 그냥 둘 거야. 맛있는 요리를 먹으면 행복한 에너지가 나온대. 진짜로 행복한 요리를 만들고 싶어."

누나가 삶은 닭살을 찢으며 말했다.

냄비에서 김이 모락모락 올라왔고, 누나가 냄비를 열어 찹쌀밥과 찢어놓은 닭고기, 그리고 야채를 넣었다.

닭죽이 완성되었다. 식당 홀로 닭죽을 가지고 나와, 누나와 함께 먹기 시작했다.

"내가 만든 것보다 조금 더 맛있어. 아주 조금. 점심 특선 메뉴에 넣는 걸 허락할게."

내 말에 누나가 아예 대꾸조차 하지 않았다. 고개를 숙여 누나의 표정을 봤다. 누나 얼굴에 살짝 미소가 비쳤다.

누나와 나는 말없이 닭죽을 먹었다.

"누나, 반 고흐 형제 이야기 알아?"

"남동생이 경제적 지원을 해줬다는 거? 들어봤어. 워낙 유명한 이야기잖아."

누나가 심드렁하게 대답했다.

"고흐가 죽고, 남동생 테오도 4개월 뒤에 죽어. 왜 죽었는지는 모른대. 뭐 형의 죽음에 스트레스를 받아 죽었다는 이야기도 있고."

"그런데 그게 뭐?"

"그냥 그렇다고."

누나는 반 고흐 이야기에 별 관심을 보이지 않았다. 하지만 나는 이 이야기를 꼭 누나에게 해주고 싶었다. 반 고흐는 살아생전에 돈을 벌지도, 결혼을 하지도, 아이를 갖지도 못했다. 고흐가 유명해진 건 그가 죽고 나서다. 고흐의 천재적 광기는 그를 힘들게 만들었고, 결국 그를 죽음에 이르게 했다. 너무 일찍 세상을 떠난 고흐를 생각하면 늘 마음이 아팠다. 하지만 고흐에게는 테오가 있었다. 어쩌면 고흐는 내가 생각했던 것만큼 불행하지 않았는지도 모르겠다.

닭죽을 다 먹은 후, 내가 설거지를 하는 동안 누나가 주방 정리를 했다.

식당에서 나와 문을 열쇠로 잠그는데, 누나가 재촉했다.

"얼른 해. 내일 식당 문 열려면 빨리 자야 해."

"알았어. 다 잠갔어."

누나에게 식당 열쇠를 건넸다. 누나는 열쇠를 받자마자 계단을 성큼성큼 걸어 올라갔다. 집으로 가기 전에 고개를 돌려 다시 한번 식당 안을 들여다봤다.

내일도 누나의 식당은 문을 열 것이다.

해설

꿈 없는 삶에서 꿈 찾기

김유진(문학평론가)

1. 잘 먹고 잘 산다는 것

'먹는다'는 행위가 최근만큼 각종 매체에서, 일상의 대화에서 주요 화제가 된 적이 또 있을까. '맛집'을 기행하고 '대박 집'의 비결을 알려주던 텔레비전 방송은 이제 '먹방(먹는 방송)'이라는 신조어까지 만들어내며 연예인들의 입에 음식이 들어가는 장면만으로 하나의 프로그램을 이어간다. '맛집'으로 알려진 식당을 찾는 건 단지 식도락가만의 일이 아닌 평범한 사람들의 취미가 되었고 각종 SNS에는 음식 사진들이 넘친다.

이렇듯 누군가는 즐거움과 건강을 따지며 먹는 시대에 또 누군가는 여전히 단지 살기 위해 먹는다는 사실은 참으로 아이러니하다. '88만 원 세대'에게 김밥과 라면은 일상의 음식이며 노량진 수험생들은 거리에 서서 '컵밥'으로 끼니를 채운다. 청소년들의 식탁은 어떨까. 학교와 학원, 학원과 학원 시간 사이에 그들의 허기를 채워주는 건 매점과 분식점 음식이다. '밥상머리 교육'이라 해서 가족 식사 횟수와 학업 성취도가 비례한다는데, 지금 같은 노동환경에서 그것은 고소득 전문직 아버지와 전업주부 어머니의 가정이 아니고서는 무척 힘든 일이다. 오늘날 청소년들에게 '집밥'은 선택 여부가 가능한 사항이 아닐지도 모른다.

이렇듯 먹는 행위가 사회의 주 관심사가 된 반면 정작 먹고 사는 일은 더욱 녹록지 않아지면서 요즈음 '무엇을, 어떻게 먹느냐' 하는 문제는 계층을 구분하고 존속시키고 강화하는 역할을 하는 듯싶다. 피에르 부르디외가 개념화한 '아비투스(Habitus)' 말이다. 얼마 전 들은 우스갯소리는 그러한 현상을 반영하는 것일지 모르겠다. 새로운 식당에 다녀온 사람이 그 식당에 대해 얘기하는 내용은 그의 경제적 지위에 따라 세 단계로 나뉜단다. 첫째, 그 식당 양이 참 많더라. 둘째, 그 식당 맛있더라. 셋째, 거기 분위기 괜찮던데. 이는 음식을 먹는 행위가 단순히 개인의 일상적인 선택의 영역을 넘어 자본주의적 욕망과 제도에 따라 재편되는 작금의 상황이 투영된 것으로 여겨진다.

이러한 흐름 속에서 '잘 먹고 잘 사는' 일이 점차 우리네 삶의 최우선 가지로 자리매김 되는 듯하다. 현재 우리의 욕망을 '잘 먹고 잘 살자'로 대변할 수 있지 않을까. 부모들은 잘 먹고 잘 살기 위해 일을 하고, 아이들은 잘 먹고 잘 살기 위해 공부를 한다. '잘 살자' 앞에 '잘 먹고'가 놓이게 될 때 '잘 먹고'의 탐욕과 자기중심성은 '잘 살자'의 '잘'을 지극히 현실적이고 이기적인 욕망으로 만들고 만다. '잘 살자'는 말 앞에 다른 말을―예를 들어 '열심히 일해서'라든지 '욕심 없이'라든지―대신 넣어보면 단번에 확인된다. 물론 어느 시대, 어느 사회건 경제적 안정은 삶의 중요한 가치 중 하나이며 행복의 기본 조건이기도 하다. 하지만 오늘날 우리는 혹시 경제적 풍요를 삶의 유일한 만족으로 여기고 있지는 않은가. 경제적 풍요가 점점 중시되고 여러 경제적 가치들이 더욱 강조되는 현상마저 부인할 수는 없을 것이다.

'잘 먹고 잘 살기'에 대한 우리 사회의 욕망은 청소년들이 현재의 행복을 누리고 미래의 인생을 계획하는 데 지대한 영향을 미친다. '잘 먹고 잘 살기'를 꿈꾸는 사회에서 청소년들은 자칫 잘못하면 못 먹고 못 살게 될 거라는 불안으로 그들의 미래를 한없이 제한시킨다. 희망직업을 선택하는 데 있어 교사와 공무원으로 안정성만을 우선으로 삼거나 운동선수나 연예인으로 '대박' 신화를 꿈꾼다. 안정적으로 돈을 잘 버는 직업이 최고의 직업이고, 최고의 직업을 가질 수 있는 대학, 학과가 바로 최고의 대학, 학과다. 바로 그곳에 입학하겠다는 꿈으로 오늘도 열심히 공부하는 것이다.

이 책의 주인공인 열여덟 살 재규의 고민 역시 크게 보아 그러한 테두리를 벗어나지 못한다. 내년이면 고3인 재규는 미술 전공으로 학교 예체능반에 속해 있기는 하지만, 입시 미술학원에 다니는 것도 아니고 초등학생 때부터 다닌 동네 미술학원에서 그저 취미처럼 그림을 그리고 있다. 재규가 입시 미술학원으로 옮겨 대학입시를 위한 그림 연습에 몰두하지 못하는 건 자신에게 대단한 재능이 없다고 여기며 미술을 계속해야 할지 말아야 할지 고민하고 있기 때문이다.

청소년기에 자신의 적성에 맞는 진로를 결정하는 것은 매우 어렵고 두려운 일이다. 자신이 어떤 사람인지 잘 알지 못하는 어린 시절에 일생의 밑그림을 설계하고 목표를 설정해야 한다는 사실은 참으로 아이러니하다. 그런데 재규의 갈등이 힘겨운 까닭은 그것이 단지 자신의 재능과 적성에 관해 판단하는 것만은 아니기 때문이다. "그림을 그리는 게 좋긴 한데 자신이 없는" 까닭은 바로 "미대에 갈 수 있을지, 간다 하더라도 먹고 살 수 있을지"(218쪽) 걱정이 되어서다. 그렇다면 잘 먹고 잘 사는 일이 삶의 유일무이한 목표인 사회에서 과연 재규는 어떤 방법을 궁리할 수 있을까. 꿈과 현실 사이에서 청소년들은 대체 어떤 선택을 해야 하는 걸까.

2. 사춘기에 내던져지다

그가 어떤 답을 찾았는지 살펴보기 전에 우선 이야기할 점은 재규가 고아라는 사실이다. 재규의 아버지는 재규가 어렸을 적 병으로, 어머니는 지난해 교통사고로 갑작스럽게 돌아가셨다. 재규보다 세 살 많은 누나 재연이 고시원 생활을 청산하고 집에 들어오면서 재규는 누나와 단둘이 살게 된다.

부모가 없는 청소년의 이야기는 의외로 청소년소설에서 보기가 드물다. 부모의 갑작스런 가출이나 경제적 지원의 중단으로 부모가 있어도 없는 것처럼 살아가는 작품들이 창작되긴 했지만 그것은 부모 역할을 대신할 어른이 있다거나 외국이라는 특수한 배경에서 일시적이고 돌발적으로 전개된 상황들이었다.

최근 청소년소설에서 가족, 특히 부모의 비중은 압도적이다. 작가가 한 연구논문에서 밝힌 바 있듯 최근 청소년소설은 "청소년 주인공과 부모 혹은 해체된 가족 자체와의 갈등이 서사의 큰 줄기이고, 해체된 가족과의 갈등 해결을 통해 청소년 주인공이 성장하는 구도가 주를 이룬다"(「청소년문학에 나타난 가족 해체 서사 연구」, 『아동청소년문학연구』 10집, 2012. 6). 그런데 작가는 이런 서사들로 인해 청소년 주인공들이 몰개성화되고, 단지 가족의 해결사 역할을 떠맡게 된다고 지적한다. 그리고 이러한 생각을 마치 자신의 작품에 반영이라도 한 듯 이 이야기에는 부모가 아예 없는 것이다.

청소년소설의 청소년 주인공들은 대개 부모와 불화한다. 그 부모가 좋은 부모든 못난 부모든 나쁜 부모든 간에 매한가지다. 사실 부모에게서 정서적, 인격적으로 독립하는 것이 청소년기의 가장 큰 과업 중 하나이니 그 과정에서 부모와 불화하는 건 당연한 일일 것이다. 그런데 문제는, 어린이 청소년문학의 고질적인 병폐로 지적되어왔듯, 이러한 서사가 종종 성급한 화해로 마무리된다는 점이다. 즉, 대다수 청소년소설에서 부모란, 청소년 주인공들이 갖은 수를 써서 부정했지만 결국 서둘러 제자리로 돌아와 애써 긍정하고 이해해야만 하는 존재가 된다. 청소년들은 그저 부모만을 붙잡고 싸우지만 그건 부모의 손바닥 안에서, 치맛자락 안에서 뱅뱅 도는 격이다. 그리고 이러한 성장의 서사에는 응당 아버지를 정점으로 구성되는 가부장적 원리와 흔한 '가족 로맨스'가 개입하게 마련이다.

하지만 재규에게는 그럴 부모도, 그럴 어른도 없다(물론 누나 재연은 법적으로 성인이지만 누나일 뿐 '어른'으로 역할하지 않는다. 게다가 재연은 대학 입시 준비생이었다는 점에서 사회 통념상 성인에 진입하지 않았다고 볼 수 있다). 주변의 어른이라고는 멀리 사는 외가 친척과, 타인에 대해 간섭할 줄 모르는 미술학원 원장님과, 돌아가신 엄마의 식당 일을 돕던, 그저 소녀 같은 마음씨의 은아 이모뿐이다. 어린이 청소년문학에서 가장 자유로운 캐릭터라고 할 수 있는 삐삐와 톰 소여에게 부모가 부재했던 것처럼 재규와 재연에게는 거침없이 자신의 길을 찾을 수 있는 자유가 허락된 것이다. 재연이 미술을 그만둘지 말지 고민하는 재규에게 "왜 억지로 하고 있어? 어차피 엄마도 없는 이 마당에. 너 미술 그만두고 싶은데 엄마 때문에 못 그만둔 거잖아. 이제 네가 하고 싶은 대로 해"(54쪽)라고 말하듯이 말이다.

이는 마치 부모의 속박과 간섭 때문에 제 인생에서 아무것도 마음대로 하지 못한다고 툴툴대는 청소년들에게 되묻는 듯하다. "그래, 부모가 없다면 넌 어떻게 살고 싶은데? 네 맘대로 하고 싶은 게 대체 뭔데?" 하고. 부모와 갈등하는 청소년소설의 주인공들이 부모라는 굴레에 갇혀 정작 자기 자신과 본격적으로 대면하지 못하는 데 반해 이 작품은 부모와의 물리적 거리를 통해 자신의 삶 전체를 직면하도록 마련해둔다.

사실 재규는 엄마가 살아 계실 때 질풍노도의 사춘기도 제대로 겪지 않은, '착한 아들'이었다. 식당 일로 힘든 엄마를 늘 도와주고 싶어 하고 주방에 곧잘 들어가 음식 맛을 봐주는 다정하고 상냥한 아들이었다. 엄마와의 관계가 너무 좋았기에 사춘기도 모르고 지날 뻔한 재규는 고아가 된 후 비로소 사춘기를 겪는다. 엄마가 돌아가신 후 비로소 자신의 깊숙한 곳에 자리한 엄마의 존재를 느끼고, 유명한 화가가 되길 바랐던 엄마의 기대가 자기에게 드리운 빛과 그늘을 인식하며 그늘에서 나와 빛으로 향하는 첫걸음을 조심스럽게 내딛게 된다.

재규가 어렸을 적부터 미술을 계속해온 것에는 엄마의 영향이 막대했다. 미술대회에 나가서 상을 타면 엄마를 웃게 하고 엄마를 기쁘게 할 수 있기 때문이었다. "상을 받을 때는 별로 좋지 않다가, 엄마가 행복해하는 모습을 보면 그제야 상을 받은 게 기뻤다"

(116쪽)고 할 정도였다. 하지만 자라면서 자신의 재능이 특출 나지 않다는 걸 스스로 알게 된 후 그는 "유명 화가가 되는 게 당연하다고 말하는 엄마의 말이 숨이 막혔"고 "엄마가 바라는 대로 되지 않을까 봐 두려웠"(201쪽)다. 미술을 그만두고 싶었지만 엄마의 기대 때문에 그럴 수도 없었다. 더군다나 엄마가 돌아가신 이후에는 엄마한테 죄송하다는 생각에 더욱 미술을 그만두기 힘들어 한다.

이러한 상황은 자녀가 부모의 기대를 먹고 자라면서도 때론 그 기대가 자유와 성장의 족쇄가 되기도 하는 모순을 보여준다. 나아가 사춘기 청소년들이 마치 부모가 필요 없는 듯 행동하지만 마음속으로는 더 이상 부모가 자기를 사랑하지 않을까 두려워한다는 사실을 떠올리게도 한다. 하지만 부모에 대한 머무름과 떠남의 갈등 속에서 결국 그들의 과업은 떠나는 것이다. 재규가 엄마의 굴레에서 벗어나 자기 자신의 모습을 발견하고 다음과 같은 결론에 도달한 것처럼.

지금까지 난 계속 평계를 대고 있던 게 아닐까. 내가 미술을 그만두지 못하는 건, 엄마 때문이 아니다. 내가 그림 그리는 걸 좋아했기 때문에 계속 학원에 다닌 거다. 엄마의 영향이 없었다고는 할 수 없지만, 나는 그림이 좋았다. 그건 지금도 마찬가지다(207~208쪽).

많은 경우 부모의 법은 세상의 법이며, 부모의 기대는 세상의 기대다. 재규는 고아가 된 후 비로소 엄마나 세상이 권유하고 허락하고 때론 강요하는 꿈이 아닌 자신의 꿈을 찾는다. 미술을 계속하겠다는 결론은 겉으로 보기에는 똑같지만 결코 같을 수 없다. 외부의 기대와 시선에서 벗어나 자신만의 욕망에 충실해지는 법을 발견함으로써 얻게 된 결론이니까. 머무름과 떠남, 의탁과 독립, 두려움과 용기 사이를 방황하다 스스로 첫걸음을 내딛으며 시작한 새로운 세계니까 말이다.

3. 진정 잘 먹고 잘 사는 꿈

하지만 재규의 꿈은 그리 쉽게 찾을 수 있던 것은 아니었다. 엄마가 돌아가신 이후 비로소 엄마의 꿈이 아닌 자신의 꿈을 알았다고 하더라도 그가 그림을 계속 그리겠다고 결심하기까지는 하나의 장애물이 또 있다. 그것은 바로 앞서 말했던, 그림을 그려서 과연 잘 먹고 잘 살 수 있을까 하는 것이다. 수많은 시간과 도전의 기회를 가진 청소년들 대다수가 단번에 무장해제 되는 그 장애물을, 그러나 재규는 '꿈'을 좇는 주변 인물들 덕분에 뛰어넘고 나아간다.

그 첫 번째 인물은 누나 재연이다. 삼수생으로 고시원에서 지내던 재연은 엄마가 돌아가시자 명목뿐인 대입 준비를 포기하고 엄마의 '행복식당'을 이어받겠다고 나선다. 닭볶음탕이라는 그리 쉽지 않은 메뉴로, 요리 실력도 검증되지 않은 누나가 식당을 운영하겠다는 걸 두고 재규는 과연 가능할지 의문한다. 하지만 재연은 메뉴를 다양화하고 인테리어를 새로 하고 휴일을 만드는 등 지금 껏 엄마가 식당을 운영하던 것과 다른 방식으로 자신만의 식당을 만들어간다.

　스물한 살 재연의 그런 행동이 작품 속에서 현실감을 지니는 건 재연의 당찬 성격 때문이다. 재연은 학창 시절 일진한테 빼앗긴 물 건을 집요하게 다시 받아내고 엄마가 갑자기 돌아가셨을 때도 의 연하게 장례 일을 처리해내는 씩씩하고 꿋꿋한 성격이다. 식당 일 을 돕는 이모가 재규에게 "네가 딸이고, 재연이가 아들이었어야 해. 언니도 늘 그랬어. 넌 딸 같은 아들이고, 재연이는 아들 같은 딸"(110쪽)이라고 말하는 것처럼 말이다. 작가의 다른 작품에서 발 견되는 '착한 소년'(『레츠러브』)과 '당찬 소녀'(『닌자걸스』,『판타스틱 걸』,『다이어트 학교』)의 캐릭터를 이 작품에서도 만날 수 있다.

　이렇듯 씩씩한 재연은 다른 이들의 시선은 아랑곳하지 않은 채 카페도 편의점도 아닌 닭볶음탕집을, 여러 난관에도 불구하고 저 돌적으로 운영해나간다. 그녀가 남들처럼 대학을 가거나 취직을 하지 않고 식당을 하는 건 엄마 때문도, 동생 때문도 아니고 그저 자신이 해보고 싶은 일이기 때문이었다. 그런 재연을 보며 재규는 자신만의 삶을 개척해야겠다는 의지를 키워나간다.

　그러나 그 영향 관계가 반드시 일방적이지만은 않았다. 재연과 재규 남매는 마치 거울을 들여다보듯 서로를 통해 자신을 본다.

엄마와 사이가 좋지 않아 집을 나갔던 재연에게도 마음속 엄마의 자리는 굳건하다. 재연 역시 돌아가신 엄마와 새롭게 관계를 정립하고 정신적으로 독립하는 일이 필요했던 것. 재연이 마치 엄마를 몰아내기라도 하는 듯 자신만의 식당을 만드는 데 안간힘을 쓰며 '떠남'으로 향할 때 재규는 엄마의 식당을 그리워하며 예전 그대로의 '머무름'에 있었다. 재연과 재규는 엄마가 갑자기 부재하게 되는 상황에 대해 이렇듯 처음에는 서로 다른 두 가지 태도로 대응한다. 그러나 곧 재규는 재연에게 '머무름'을, 재연은 재규에게 '떠남'을 알려주었고, 이로써 둘은 여전히 엄마를 사랑하는 마음을 간직하는 동시에 자신의 길을 찾을 수 있게 된다. 부모로부터 독립할 때 진정 부모를 사랑할 수 있다는 걸, 아니 부모를 사랑할 때 비로소 부모로부터 독립할 수 있다는 걸 서로에게 가르쳐준 것이다.

재규의 친구 준모 역시 재규에게 자신이 진정 원하는 꿈을 향해 나아가는 일이 얼마나 소중한지를 깨닫게 하는 인물이다. 춤을 너무 좋아하는 준모는 아버지의 강력한 반대를 무릅쓰고 오직 그 꿈을 향해 돌진한다. 아버지의 폭력으로 부상당하고 중요한 대회에 출전하지 못하는 상황에서도 어떻게 하면 그 상황을 전화시켜 자신의 소망을 이루는 일에 보탬이 되게 할지 생각할 정도다. 반면 준모가 흠모하는, 재연의 친구 서진은 남들이 부러워하는 명문대 학생이지만 자신이 원하는 삶을 아직 찾지 못한 채 그저 "고등학교 수험생의 업그레이드 판"(137쪽) 마냥 살아간다. 자신의 소망이 아닌 부모와 세상의 기대에 따르는 서진은 재규에게 반면교사와 다름없다.

『잘 먹고 있나요?』는 작가의 다른 작품과 마찬가지로 결국 미래의 '꿈'에 관한 이야기다. 제 길을 찾지 못해 방황하던 청소년들이 비로소 꿈을 찾아가는 이야기든(『하이킹 걸즈』,『텐텐 영화단』) 자신의 꿈을 향해 거침없는 도전을 감행하는 이야기든(『닌자 걸스』,『다이어트 학교』) 지금까지 김혜정의 작품은 '꿈'으로 수렴된다고 볼 수 있다.

발전적인 세계관에 근거한 미래에의 강렬한 열망은 자칫 현실에 대한 탐구와 비판이 결여된 무조건적인 자기 긍정의 세계로 떨어질 위험을 지니기도 한다. 하지만 그의 작품에 등장하는 청소년 주인공들은 한없이 평범하면서도 진중하고, 하나같이 순수하고 따뜻한 인물들이어서 그러한 함정을 가뿐히 뛰어넘는다. 미래를 향한 갈등과 고민 속에서 자신의 길을 찾아나가는 일은 청소년기의 과업이자 특권이기에 청소년소설이 꿈에 대해 이야기하는 것은 사실 지극히 온당하면서도 적절하다. 더구나 많은 청소년소설이 삶의 허무와 우울, 고뇌에 잠겨 있는 분위기에서 이는 김혜정의 작품이 고유하게 빛나는 지점으로 자리한다.

현재 우리 사회에서는 청소년에게 부여되어야 할 다채로운 꿈들이 잘 허락되지 않는다는 점에서도 더욱 그 의미가 깊다. 앞서 말했듯 우리는 대개 내가 누구인지, 어떤 사람인지 잘 알지 못하는 젊은 날에 자신의 미래를 계획해야 한다. 하지만 오늘날 그 막막함보다 더욱 힘든 건 실은 실패에 대한 불안과 결코 실패해서는 안 된다는 강박이다. 내 선택이 혹시 틀린 건 아닌지, 사회의 낙오자가 되지는 않을지 하는. 많은 청소년이 겪고 있을 이러한 불안에 대해 작가는 속 시원히 대답해준다. "우선 걱정부터 하지 말고, 뭐든 해보"(220쪽)라며, 그냥 오늘 하고 싶은 일을 하며 살라고 말이다. 사회가 정한, 잘 먹고 잘 사는 일에 휘둘리며 그저 꿈에 '대해서' 생각하지만 말고 바로 지금부터 꿈속에서 살고 꿈속에서 행복하라고 말이다.

잘 먹고 잘 사는 삶이 보장되는 안전한 미래, 완벽한 내일이란 없을지도 모른다. 너무 뻔한 사실이지만 경제적 풍요와 행복은 정비례하지 않는다. 행복에 관한 수많은 연구는 '돈'이 아닌 '꿈'을 좇을 때 진정 행복할 수 있음을 같은 목소리로 이야기한다. 그러니까 진정 잘 먹고 잘 사는 길은 이 작품의 재연처럼 프랜차이즈 커피숍을 임대해주고 쉽게 돈을 벌 수 있는 길을 포기하고, 행복한 에너지가 담긴 음식을 만드는 식당을 운영하겠다는 꿈을 꾸는 데 있을지 모른다. 몸이 아픈 누군가를 위해 죽을 끓여주고, 바쁘다 핑계 말고 가족끼리 소박한 밥상에 둘러앉고, 이웃의 꿈과 슬픔을 가만히 지켜봐주는 것이야말로 진정 잘 먹고 잘 사는 일 아닐까. 그래서 오늘도 '행복식당'에는 정겨운 행복의 냄새가 가득할 듯싶다.

■ 작가의 말

작가가 이야기를 선택하는 게 아니라 이야기가 작가를 택한다
는 말이 있다. 이 글을 쓰면서 나는 처음으로 그 말을 실감했다.

3년 전 가을, 어쩌다가 아침 9시라는 이른 시간에 일어났다. 무
료함에 텔레비전 채널을 이리저리 돌리고 있는데, 맛집을 소개하
는 프로가 나오고 있었다. 대부분의 맛집 사장님들이 40~50대의
나이 든 분들인데, 특이하게 20대 중반의 젊은 남매가 사장님인
집이 소개되었다. 식당을 운영하던 엄마가 갑작스럽게 돌아가셔
서 남매가 식당을 맡아 운영 중이었다. 잠깐 방송을 봤지만, 그 이
후로 계속 그 남매와 식당이 떠올랐다. 그들이 잘 지내고 있을까
궁금했고, 진심으로 잘 살고 있기를 바랐다.

남매의 이야기는 오래도록 나를 떠나지 않았고, 재규와 재연이

라는 인물로 나타나 자꾸 날 불렀다. 하지만 시작하기까지 꽤 많은 고민을 했다. 내가 감당할 수 없는 이야기라는 생각이 들었고, 그 무게에 도저히 쓸 자신이 없었다.

그렇게 미뤄두고 있는데, 2012년 봄, 한국문화예술위원회의 지원을 받아 베를린자유대학에 가게 되었다. 홀로 이국 땅에서 4개월을 지내면 매우 외로울 것 같았고, 그곳이라면 재규의 이야기를 쓸 수 있을 듯했다. 외로움과 고독함을 작정하고, 베를린에 도착했다.

베를린에서의 생활은 내가 상상했던 것과 너무나 달랐다. 베를린자유대학에서 만난 학생들과 교수님들 덕분에 나는 조금도 외롭지 않았다. 그곳에서 이야기의 많은 부분이 채워졌다. 한국말을 유독 잘했던 빈센트는 한쪽 귀가 잘 들리지 않는데, 자기 이름이 빈센트 반 고흐와 같지 않느냐고 웃으며 말했다. 그렇게 빈센트와 반 고흐가 이야기로 들어왔고, 반 고흐를 만나기 위해 6시간 동안 기차를 타고 암스테르담에 다녀왔다. 이은정 교수님은 정성스런 집 밥을 대접해주셨는데, 그 밥이 너무 따뜻해서 집으로 돌아와 엉엉 울었다.

베를린에 머무르지 않았다면, 그곳이 내게 준 따뜻함이 없었다면, 이 이야기를 쓰지 못했거나 전혀 다른 방향으로 진행되었을 거다. 그러니까 이 글은 나 혼자 쓴 게 아니다.

베를린에 갈 기회를 주신 한국문화예술위원회와 베를린자유대

학 한국학과에서 만난 분들, 그리고 내게 충분히 이 이야기를 쓸
수 있다고 용기를 주신 사태희 국장님과 작품보다 더 나은 발문을
써준 유진 언니에게 따뜻함을 담은 안부 인사를 전하고 싶다.

다들 잘 먹고 계시죠??

2014년 따뜻함 봄에, 김혜정

잘 먹고 있나요?

© 김혜정, 2014

초판 1쇄 발행일 | 2014년 4월 25일
초판 8쇄 발행일 | 2020년 9월 4일

지은이 | 김혜정
펴낸이 | 정은영
펴낸곳 | (주)자음과모음

출판등록 | 2001년 11월 28일 제2001-000259호
주   소 | 04047 서울시 마포구 양화로6길 49
전   화 | 편집부 (02)324-2347, 경영지원부 (02)325-6047
팩   스 | 편집부 (02)324-2348, 경영지원부 (02)2648-1311
이메일 | jamoteen@jamobook.com

ISBN 978-89-544-3076-0(43810)

이 도서의 국립중앙도서관 출판시도서목록(CIP)은 서지정보유통지원시스템 홈페이지
(http://seoji.nl.go.kr)와 국가자료공동목록시스템(http://www.nl.go.kr/kolisnet)에서
이용하실 수 있습니다.(CIP제어번호: CIP2014011923)